ドナルド・キーン

小池政行（聞き手）

戦場のエロイカ・シンフォニー

――私が体験した日米戦

藤原書店

戦場のエロイカ・シンフォニー　／目次

III　戦争を超えて

エロイカ・シンフォニー

＊本文下部の注は、明記されたものを除き、『世界大百科事典　CD-ROM』（日立デジタル平凡社、一九九八）、『広辞苑　第四版』（岩波書店、一九九一）、『朝日人物事典』（朝日新聞社、一九九〇）等を参考に編集部で作成した

戦場のエロイカ・シンフォニー

私が体験した日米戦

キーン氏と小池氏、2008年7月、東京・広尾にて

はじめに――キーン先生と戦争、そして今

小池政行

三月十一日に日本を襲った東日本大震災以来、キーン先生の日本国籍取得、日本永住の決意が大きく報じられている。福島原発の放射能汚染の恐怖、東北地方沿岸部の港湾都市を一瞬のうちに瓦礫の山にした大津波、多くの日本人が避難する中、そして外国人観光客の退去や日本産品の放射能汚染の恐れが外国で報じられる中、先生の日本永住は言わば、真逆の行為として日本への愛着、そして決意として我々の心に響く。

先生と初めてお会いした一九八〇年のフィンランド、ヘルシンキを想い出している。先生は日本文学のご講演のために日本外務省、国際交流基金の依頼で

来られたコロンビア大学教授、そして私は在フィンランド日本大使館の文化担当の書記官だった。先生はそのとき、還暦を前にした日本文学研究者として、既にまさに確固たる地位を米国、日本においても築いておられた。そして昨二〇一〇年米寿を迎えられ、外国の方として初めて文化勲章授与の栄誉に包まれた。一方、私は外交官を一九九四年に辞し、戦争に関する国際法を教える大学教授として今年還暦を迎える。この長き三十年余が「夢まぼろしのごとく」に思われる。

私は、長年に亘るキーン先生の一年――半年は米国ニューヨークで静かに、コロンビア大学の優秀な学生に近松や能「松風」を教える日々、そしてもう半年は東京駒込で様々な講演依頼を受けられ、日本学の泰斗として、著名人として日本の多くの文学者や著名な方々と交流される日々――このリズム感と日常が先生に学者としてとてもすばらしい刺激を与えていたと、今でも思っている。もう何十年に亘るそのような日々が、先生の日本への愛着、知的好奇心を維持していったと感じていた。かくいう私も、結果十二年間もフィンランドに勤務し、全く現在の日常では使わない外国語であるフィンランド語で今も夢を見るし、日本語と同じように話すことも聞くこともできる。しかし、先生が現在決意されたような日本への愛――愛着、愛惜の念はフィンランドに持ちえない。

確信をもっていえることは、先生は日本の文学、文化を広く学ばれた方だということである。つまり、専門は江戸時代の西鶴のみだ、いや日本の現代文学のみだという方ではない。膨大な日本文学の流れを万葉集から現代文学まで論じられた『日本文学の歴史』の大著のように、日本を文学、文化の視点からこれほど広く、深く研究され、その結果を著作として世に問うような人は二度と現れることはないということである。日本のある一部、ある時代の専門家は今後も数多く現れるだろう。しかし、最後に日本を終焉の地として選ばれる決意をされるようなキーン先生のような方は二度と現れないということである。

先生の決意には様々な要因があると思う。若き日の三島由紀夫や安部公房と交流を重ねたこの日本。三島氏との初めての出会いの場が、今取り壊されている歌舞伎座であったこと。親友の永井道雄氏や嶋中鵬二氏との日々、数えきれない才能ある人々との出会い。

しかし、私はこう思う。東山文化の名残の床の間や茶道、華道は、まだ現代の日本に息づいている。しかし、私たち日本人が気づかないうちに破壊し、顧みなくなった日本人の美徳――つまりあの謙虚で、人の心の繊細さを思いやる心、歌に託す心、そのようなものはもうこの日本から失われていっているのではないだろうか。まさに、その失われゆく、「限りなく美しい日本」への愛惜こそが、散りゆく美や滅び行くものに身をゆだねる西行のように、人生を旅と称した芭蕉のように、キーン先生がこの日本を終焉の地と選ばれた理由ではないだろうか。そして、これら先覚者の流れに永久に連なる人となったのではないだろうか。私にはそのように思えてならない。

*

ここで、本書の内容に入りたい。

ドナルド・キーン先生（コロンビア大学名誉教授）は、外国人として初めて、我が国の文化勲章を受章した日本学の泰斗である。今年八十九歳になられるが、キーン先生と日本人との最初の出会いは戦争においてである。

しかし、キーン先生は平和主義者である。そのような人にとって、アメリカという国家が太平洋を挟んで日本という国家と戦争をするということは、国家間の問題のみならず、キーン先生個人がアメリカ国民としてどのように対日戦争と関わるのかという問題でもあっただろう。

ハーバード大学の歴史において女性として初めて総長（二十八代）となったアメリカ南部史の著名な学者ドルー・ギルピン・ファウスト（Drew Gilpin Faust）は、アメリカが直面し、六二万人もの戦死者を出した南北戦争が、その後のアメリカ人の戦争観に如何に大きな影響を与えたかを明らかにした名著『戦死とアメリカ――南北戦争六二万の死の意味』（黒沢眞里子訳、彩流社、原題「The Republic of Suffering」）の中で、戦争の本質を次のように看破している。

「殺すことは戦争の本質である。しかし、それは人間の最も根源的な前提、自分自身と他の人間の命の神聖さに挑戦するものであった。殺すことは変化を生みだしそれは容易にもとにもどることはなかった。もっとも明らかな変化は生者が死者となったことだが、生存者さえも別の人間になった。人間の基本的な感覚を否定して殺さなくてはならず、戦争が終わった後も長い期間に亘ってそのつけを払わなくてはならなかった。二十世紀、二十一世紀に生きるわれわれも、ヴェトナムやイラクで戦った兵士たちはずっとそのつけを払い続けていることを知っている。男たちは、ジェームズ・ガーフィールド［第二〇代アメリカ合衆国大統領］のように、自分たちと同じような人間が殺され死体となった戦場を見た後にはかつての自分にはどうしても戻れなかったのだ」。

キーン先生は、敵兵である日本人を殺さなかった。語学将校だったので殺す立場の兵士ではなかったが、絶対に殺さないと決意されてもいた。しかし、日本兵の玉砕の島、アリューシャン列島のアッツ島の悲惨な日本兵の遺体の惨状を、歴史の証人として実際に眼にした。そして同胞であるアメリカ兵を殺戮したかもしれない日本兵捕虜を尋問、そして長い時間をかけて対話の時間を持った。

後に、自らの一生を捧げることになった日本国、日本人の思想、文化、戦争観は、キーン先生の若き日にどのような印象を与えたのか。この対談がそれを明らかにしてくれると私は信じている。そして、我々一人一人に、日米はなぜ戦争の歴史を有したのか、そしてなぜいまだに、戦争は世界で続いているのか、それぞれの人にそれぞれの示唆を与えてくれるだろう。

二〇一一年三月　大震災の後、東京にて

小池さんとの出会い

ドナルド・キーン

私が最初に小池政行氏に会ったのは一九八〇年である。場所はフィンランドのヘルシンキ。外務省主催の会合で、講演旅行を要請された時であった。フィンランドに加えて、デンマーク、ポーランド、そして旧ソ連でも講演は続いた。どこへ行っても現地の日本大使館の人々に迎えられ、丁重なおもてなしを受けたが、ただ一つフィンランドでの歓待から、生涯の友人が生まれたのである。それというのも、ヘルシンキの大使館に置かれた文化・広報担当書記官であった小池政行氏は、フィンランドで日本の知識や情報を広めることに、並々ならぬ情熱を持っていたからだ。

当時の小池さんは若年で、ほっそりしておられたが、その次に東京で会った際には、体重もかなり増えて、すっかり外交官としての貫禄が備わっていた。本人の説明によると、外務省では長時間の勤務が当然とされており、省内で夕食を摂ってから、帰宅後にまた食事をする習慣のおかげということだった。

だが、知り合った時の小池さんは、若々しい青年の風貌で、タクシーに乗っても、運転手を相手に流暢な、しかし怒ったようにも聞こえるフィンランド語を操りながら、青年らしい極めて積極的な口ぶりで語っていた。最初は運転手と言い争っているのかと思ったが、後になって、彼からそうではないと知らされる。それがフィンランド語を喋る自然な形であると。この後にも、小池さんのフィンランド語での会話を聞く機会は何度もあったが、微笑みと共にフィンランド語を喋れることも発見した。

フィンランドでの小池さんは、まさしく水を得た魚のようで、みんなが彼を知っているように映った。空港でも飛行機が離陸する直前に、小池さんは私を飛行機の機内にまで導いてくれた。それはまことに稀な計らいで、実際には禁じられている筈だが、誰も自分を止めないと知っている彼は、自信をもって私を席まで案内してくれたのである。フィンランドでの小池さんはまさしく特別な存在であった。さらに高い領域の話だが、ヘルシンキで開かれた閣僚級の会議が日本のＴＶ番組で取り上げられた際、当時のフィンランド大統領とまるで旧知の友人のように喋り合う小池さんの姿が映っていたこともある。

私がヘルシンキに着いた日は、偶然ながら小池さんの御子息の一歳の誕生日で、自宅に呼ばれた私は、夫人と息子さんにも会った。歳を取った人間の習いで、ある出来事が五年前か十五年前の話だったたか、すぐに思い出せずに焦燥を感じるようになった私だが、初めて小池さんに会ってから、どれほどの時が経ったかは、今では三十一歳になられた御子息の年齢で簡単に分かるのだ。

その頃のフィンランドで日本大使を務めていた人は黒河内久美という、豊かな学識と洗練されたマナーを持つ方だった。そんな大使に恵まれた小池さんは幸運だと私は思ったが、上役にあたる外務省勤務の人々は、黒河内大使のように親しみの持てる人ばかりではなかった。後年、小池さんは外務省を去ったが、これはつまり、フィンランド語と同国の文化に対する並外れた知識も、彼の日々の仕事の中で、もはや大きな糧ではなくなったことを意味していた。おそらく、事情はどうあれ、彼の関心は他の国に移ることになっていただろう。ソ連とアメリカの和解の結果、両国の橋渡しをしていたフィンランドは、その重要性の多くを失ったからである。

それにもかかわらず、小池さんはフィンランドへの特別な愛着と敬意を持ち続けた。自身の著作『遠い白夜の国で』において、極めて深刻で難度の高い危険な手術をフィンランドの病院で受けるに至った決意が語られている。もし、手術が失敗すれば半身不随となる可能性もあったが、幸い結果は良好で、彼はフィンランドの医療に一層の敬意を抱くようになった。

外務省を離れてから、小池さんは東京の大学で教鞭を取るようになる。その教えぶりは学生からの支持を集め、やがて評判は大学を越えて、世界の問題を語る優れたコメンテーターとして一般社会にも広まった。中でも、国民が飢餓と病気に苦しむ発展途上国に対する援助ということでは、日本の役割に特別な関心を寄せていた。数ある著作の中でも小池さんは、日本が国際協調の場において、役に立つ存在になれること、という自らの希望を語っている。

一連の学術的な成果に加え、小池さんは多岐に亘る分野の人々にインタヴューを敢行した雑誌の連載を企画し、こちらも成功を収めていた。並外れて広い領域の学問に通じた小池さんは、インタヴューの相手に実のある質問を重ねるのが上手い。ホストとしての彼は温厚でありながらも、常に底辺には重厚な響きがあり、自分自身の意見を述べる時には、いつも核心を捉えている。

この本に収められた長い対談が実を結んだのも、四年間の太平洋戦争という、私の人生で最も忘れがたい一時期について、正鵠を得た質問を用意しておられたからである。彼自身が直接、戦場に出向いた経験はなくとも、幅広い原資料から得た豊富な知識による、極めて質の高い理解が窺えた。彼の質問から、時には私自身が完全に忘れていた出来事を思い出すこともある。まるで、私以上に私の著作を知っているかのように！

小池さんは、平和主義者の私が戦争を好んでいないことを十分、承知しておられるが、戦争そのものは古代ギリシャの時代から、文学作品の中では理想主義的な観点から描かれて来た。小池さんからの質問に対して、私は自分の信念をはっきりさせたつもりだが、一方で、太平洋戦争は個人的な部分では、私の糧ともなったことを告白しなければならない。こう言えば、矛盾に聞こえるが、しかし、戦争ゆえに私は日本語を習い、そこで得た知識が自分の生涯を築く礎となったからである。おかげで、私は主に専門家に向けた学術的な文章も書けるようになった。ただ、自分の仕事の中で最も重要な成果となったのは、日本文学に対する私の情熱を世界の人々に伝えたことである。この課題に関してなら、成功を収めて来たと言えるが、それも戦時中に得たものに多くを負っているのは間違いない。

しかしながら、戦時中の記憶に感傷的になることは絶対にない。私は戦争を嫌悪した。自分の家族や親友を戦争で亡くしたわけではないが、戦争に対しては、絶望と怒りを感じるしかない。アッツ島や沖縄で見た日本兵の死体も覚えている。彼等が祖国に捧げた勇気や献身は確認できたが、無数の日本人が、やがて国民の多くが拒絶に至る大義のために死んで行ったことを気の毒に思うし、私自身もとても共感できなかった。

文学や芸術の中で、賛美される戦争とは、結局の所、参戦した人々がやがて気がつくように、多くの場合は欺瞞でしかない。私はニューヨークの自宅から歩いて行ける距離に墓地がある、アメリカ大統領だったグラント将軍を思う。グラント将軍は南北戦争で勝利を収めた人であるが、将軍として偉大な業績を収めた人にしては、戦争や戦争に関わるすべてのものに対する憎悪は驚くばかりだ。しかし、彼は見たのである。両軍の兵士が同じ祖先や宗教、言葉を分かち合うのに、歴史上でも特に残虐であった戦いを。後年、ヨーロッパを訪れたグラントは戦争を描いた絵画に甚だしく気分を害し、鑑賞を拒んだのだ。自身の回想録でグラントは書いている。「私は自から積極的に戦いに討って出たり、情熱を抱いたことは一度もない。いつも戦いが終わると嬉しかった。二度と軍隊を率いたいとは思わない。軍隊などには興味がないのだ。ケンブリッジの公爵が、アルダーショットに配置された、御自分の閲兵について私の意見を求めた時にも、二度と見たくないものは軍事パレードです、と殿下に応えた。」

ニューヨークにあるグラント将軍の墓には、簡素な碑文が刻まれている。「我らに平和を与えよ」。私には、この一文こそは、どんな戦いの栄華を詠った詩情よりも、胸に響くものである。

しかし、フィンランドで小池さんに会ってから、本当にもう三〇年も経ったのだろうか。まったく信じられない気持ちである。過ぎ去った日々に感謝すると共に、小池さんの一層の御活躍を期待したい。

（松宮史朗訳）

I

戦争を問う

海軍時代のキーン氏

吹きこまれた偽りの思想――アッツ島から

小池　戦争についてという大きなテーマですが、ディテールについては、先生は特に沖縄戦を経験されているので、そのあたりについて、よくお話を聴ければと考えています。先生が、戦争は人間性そのものを変えてしまうとおっしゃっていた記憶がありますが、激戦地であった沖縄に先生が実際に行かれたときのご様子なども伺いたいと思います。

最初に、先生がお書きになった『明治天皇』[*]に関連して、明治の戦争からお聞きしたいと思います。日清、日露の戦争というのは、明治天皇が開戦の詔勅を出したときも「凡ソ国際条規ノ範囲ニ於テ、一切ノ手段ヲ尽シ、遺算ナカラムコトヲ期セヨ」――つまり「戦時国際法を守って」と明確に述べていたように、国際条理、つまり戦時のルールをよく守った、言わば、「人道」をわきま

＊Ｄ・キーン『明治天皇』上下、新潮社、二〇〇一

えた戦争だったと言えると思います。

例えば板東俘虜収容所に象徴されるように、日露戦争のときも第一次世界大戦のときも、敵方の捕虜をある程度大切にしました。日本でベートーヴェンが最初に演奏されたのは、板東の俘虜収容所のドイツ人捕虜たちによってだった、ということさえありました。翻って、いわゆる十五年戦争——つまり満洲事変、日中戦争、それに続いて起こった太平洋戦争では、我々は国際法*をまったくといっていいほど遵守しませんでした。残虐な、非人道的行為を敵側捕虜に行いました。例えば、フィリピンで、連合軍捕虜が、食料、水、保護を十分与えられず、長い徒歩での移動を強いられた「バターン死の行進」——そういうこともやったのだ、というようなとらえ方を、一般的に私の世代は持っています。全く戦争を知らない世代は、そう思っているのです。

先生は、太平洋戦争のときの将校の手紙を編集された『昨日の戦地から』*、また『明治天皇』などのご著作を重ねておられます。実のところ、太平洋戦争

＊国際法　十九世紀頃から戦時捕虜の人道的待遇が認識されたが、ジュネーヴ条約（一九〇六）、ハーグ陸戦規則（一九〇七）、さらに捕虜の待遇に関するジュネーブ条約（一九二九）によって規定されるようになった

＊D・キーン『昨日の戦地から——米軍日本語将校が見た終戦直

のときも、一方で比較的国際法を守ったといわれる日清、日露戦争のときにも、日本軍のある種の残虐行為はあったのです。日清、日露の両戦争、第一次世界大戦、そして十五年戦争と、日本民族の戦争に対する残虐非道性というものに、実際に大きな変化はあったのか。それとも、もともと日本人というのは、戦争になると残虐性を強くおびやすい民族なのかということを、私は今考えています。

一般に、内戦では非人道的な事柄が非常に多く起きるということがあると思います。言わば、同じ民族同士が激烈な戦闘状態になると、民族的「愛情」が「憎悪」に変わってしまう。例えば、「戊辰戦争」における「官軍」と「会津藩」の戦争でも、官軍が会津藩の兄弟を捕まえて、兄弟のどちらかの内臓を食べるところを、もう一方に見せている――という記録もあります。

先生ご自身は、この長い二百年の間に、日本民族は戦争ということについてはどのような民族だったとお考えでしょうか。先ほど私が申し上げた捕虜への

後のアジア』松宮史朗訳、中央公論新社、二〇〇六

対応の変化についてなど、先生ご自身が、いろいろ調べられたなかで感じられるところ、また先生のご体験から、どのようにお考えでしょうか。

キーン　私は戦前の日本を全く知りませんでした。それで、これがいつ頃始まったのか知りませんが、日本の国民は絶えずある思想を吹き込まれていたのです。しかも、それは誤り、いや偽りでした。一つは日本人は絶対、捕虜になったことはない、捕虜となるのは日本人にとって最悪の恥辱というものです。これがあらゆる兵士の思考に染み込んでいました。この偽りに全ての兵士が洗脳されていました。やがて、私はハワイで日本の捕虜に会うのですが。

　捕虜たちは恥辱に満ちた思いで、最悪の事態に陥ったとか、家族はどう思うかと案じていました。そこで、私はハワイ大学の図書館に出向き、過去の大戦を調べる中で、日露戦争において多くの日本人が捕虜になったと知りました。捕虜となった日本人の将校は収容所の待遇の悪さをジュネーヴ条約に訴えたり、将校なら自分もロシア将校と同じロシアのウォッカを飲める筈だとか、そんな

＊アッツ島　北太平洋とベーリング海を隔てるアリューシャン列島の西端。一九四二年六月、日本軍が占領したが、翌年米軍が奪還した。山崎保代陸軍大佐の指揮する日本

記録を発見したのです。

　そして、冬には自分たちも池でスケートをしたい、と書かれた手紙も残っています。そんな彼等が帰国した後に日本で責められたという記録は全くありません。要するに捕虜となるのは恥辱という話はウソだったんです。何度も何度も同じウソを言い続けるひどい情報操作です。日本人が捕虜になったことは一度もないとか、それは神武天皇の頃から今に続く伝統であるとか、捕虜になるぐらいなら玉砕せよとか。

　そして、それが信じられていたのです。私は最初の玉砕の場を実際に見ました。アッツ島*では方々に死体が散乱していました。人々は手榴弾を自分の胸に当てて絶命したのです。本当に恐ろしい光景でした。


軍の守備隊は上陸した米軍と十七日間の激しい戦闘の末に玉砕した。日本軍の損害は戦死二六三八名、捕虜二七名で生存率は一%。米軍の損害は戦死約六〇〇名、負傷約一二〇〇名。アッツ島玉砕により米本土側により近いキスカ島守備隊は取り残されたが、日本軍は木村昌福少将率いる救援艦隊によって脱出・撤退に成功した。以降、太平洋諸島の日本軍守備隊が全滅に近い損害を受け米軍に奪取されるたびに、敗北ではなく「玉砕」として美化され、敗北の事実が覆い隠された。同様に「撤退」を「転進」と言いかえられて発表された（小池）

戦争と日本人

小池 アッツ島で日本軍の山崎連隊が玉砕したすぐ後に、先生は語学将校ですから、戦闘部隊ではない形で上陸されました。上陸したアメリカの戦闘部隊が、まだちゃんと死体を処理していない。アッツ島のツンドラ地帯のような荒野に、手榴弾で自爆した、本当にそのままの手や首がちぎれちぎれになっているような日本兵の死体もあったということを聞いたことがあります。そういう光景を先生はごらんになったのですね。

キーン 私は玉砕の前に上陸しましたが、手榴弾を胸に抱いた兵士が実際に爆死するところを見たわけではありません。しかし、島には日本兵の死体が方々に散らばっていました。それは他の国にはあり得ない考え方でした。つまり、圧倒的な数の敵がいたり、武器の装備が比較にならない等、勝ち目が完全にない状態でも、兵士が自殺することは他の国ではないでしょう。しかし、長い間の洗脳が効いたわけです。そんなウソを広めた人々は日本の歴史など無視していました。過去の戦争で捕虜がいたか、いなかったかなど考えもしなかったでしょう。それでも私は日本人が悪い人々とは考えませんでした。ただ、騙された国民であるとは思いました。国の指導者、つまり情報を流す側が日本人の兵士、そして国民を騙していたと。

小池　それはつまり、東条英機*、その当時の陸軍大将であり首相でもあった人がつくった戦陣訓*の中に「生きて虜囚の辱めを受けず」というのがあります。それが日本民族の古くからの伝統であるとされていました。圧倒的なアメリカ軍を前にして、抵抗する手段がなくなれば「清く玉と散れ」、まさにそのような光景だったわけでしょうか、キーン先生が視たアッツ島の日本兵の遺体の姿は。

キーン　そうでした。そして、それはアッツ島だけではなかったのです。アッ

*東条英機　一八八四—一九四八。陸軍大将

*戦陣訓　一九四一年一月、東条英機陸相の名で全陸軍に通達された、戦時下の将兵の心得。「生きて虜囚の辱めを受けず、死して罪禍の汚名を残すこと勿れ」の一条がある

ツ島がいわば一種のモデルとなって、その後多くの戦場で同じことが起こりました。アッツ島にも劣らない悲惨なことがあったでしょう。兵士は天皇陛下の軍人と信じて。おかげで日露戦争とは全く異なる戦争となりました。

先ほどおっしゃいましたが、日露戦争では日本側も捕虜の待遇は非常に良くて、日本人はそれを誇っていました。捕虜収容所に毎日新しい花を入れたり、食べ物も一般の日本人より旨いものを与えるとか。娯楽もベートーヴェンを聞かせたり。しかし、太平洋戦争ではそんな配慮は全くなくなり、捕虜は犯人という考え方でした。

小池　つまり、敵も味方も、捕虜となった者は犯罪人というような考え方に変わったのですね。

キーン　はい。そして、日本の監獄は決して優しい制度を持つところではなく、捕虜に対しても犯罪者と同じ扱いを与えました。食べ物も極めて不自由で、フィリピンで捕虜になったアメリカ兵など、ほとんど飢え死にするような状態で、戦争の終わり近くならまだしも、十分食糧のあった最初の段階ですらそうでした。要するに日本人は長年に亘って広められたウソを鵜呑みにして、それを行動原理にしていたという感じでした。

小池　そういうお話をうかがいますと、先生、私たち日本人というのは、権威ないしは権力のあるところからの言葉をそのまま信じる傾向が強いということ。また欧米の風俗、習慣もマスメディアの流す事柄を割と簡単に信じるということが思われます。

太平洋戦争においても、非常なインテリが日本にも多くいました。アッツ島の日本軍将校の中にもいたと思うのです。日本陸軍の士官学校だって大変入るのが難しい学校だった。でも、偏った教育で、そういう、日本は神国だ、捕虜はいなかった、生きて虜囚の辱めを受けるな、ということを教えられると、非常に信じやすいので、それを信じてしまう。先生の長い日本の人々とのおつき合いの中で、いま現代においてもそうお感じになることはありますか。

キーン　いや、インテリの場合はあまりありません。一般の人ならテレビで見たものに疑念を抱かないことはあるでしょう。突飛な話ですが、たとえば、フランス人も最近はアンパンが好きだと聞くと、それが頭に残り、自分がそれを食べる時に、漠然とテレビを思い出しながら、やっぱりこれは美味しい、フランス人でさえそうなんだからという気分になって、それ以上深く考えることもないでしょう。

小池　つまり、それがウソかどうか考えることもない。そこにつながっていくんですけれども、先生の『日本人の戦争——作家の日記を読む』*という本があります。永井荷風*、それから永井荷風と同じように、戦争を非常に悲劇的なものとしてとらえていた東大のフランス文学の渡辺一夫*教授は、戦争に対してまったく批判的でした。当時の状況として、それを表に出すことはできなかったのですが……。それに対して、小樽高等商業学校を出て、東京商科大学（現一橋大学）の方にも行って、英米文学を教えて、英米の事柄に非常に知識があ

＊D・キーン『日本人の戦争——作家の日記を読む』角地幸男訳、文藝春秋、二〇〇九

＊永井荷風　一八七九—一九五九。『あめりか物語』『濹東綺譚』他

＊渡辺一夫　一九〇一—七五。仏文学者。ラブレー研究他

るような伊藤整＊氏。それから高見順＊氏……というような、本来的には広く物事を知っているような人々も、十二月八日の真珠湾攻撃のときに、何か自分たちを覆っていたような空が突き抜けたような感じだ、と。つまりABCDライン＊――アメリカや英国、オランダなどの日本に対する圧力――がそこで突き抜けた、というようなことを、日記に書いているのですね。それはいま先生がおっしゃったような、日本人のインテリはあまりだまされなかったようだ、というところと、矛盾してしまうのかもしれません。あのような、当時を代表する知識人たちが、どうして完全に残るのであろう日記にああいうふうに書いておくのかと、私などは思うのですが……。

＊伊藤整　一九〇五―六九。『日本文壇史』、小説『鳴海仙吉』他
＊高見順　一九〇七―六五。『故旧忘れ得べき』、詩集『樹木派』他
＊ABCDライン　一九四一年、日本に対して行われた貿易制限。ABCDは貿易制限を行ったアメリカ、イギリス、オランダ、そして日本の対戦国である中国を指す

日米戦は不可避だったたか

小池　一九四一年の真珠湾攻撃で日米戦は幕を開けたわけですが、真珠湾

が成功したばかりに日本はそれ以後、南洋などで泥沼化する戦いにつき進まざるをえなかったともいえるのではないでしょうか。

キーン　もし、真珠湾攻撃が失敗し、つまり、アメリカ側が勝っていたとすれば、日本人がどう思ったか。とても想像できませんが、大変なショックを受けたことは間違いありません。しかし、もっと世界を見る目が養われたに違いありません。ところが、真珠湾攻撃のすぐ後にシンガポールで英国の巨大な戦艦を撃沈したり、各地で日本軍は破竹の勢いでした。結果として、当然のことながら、これで果たして良いのだろうか、と疑念をはさむ人はほとんどいませんでした。度重なる勝利の知らせや聞いたこともない島々が日本の領土になっていく話を聞いて、不快に思う人は少ないでしょう。勝利の美酒に酔って楽天的な気分の中で、アメリカ軍も負けた、イギリス軍も負けた、後は時間の問題だ、そんな気分だったと思います。

後々の展開で疑問が生じても、最初の段階における反応は日本的というよりも、どの国民でも同じ、つまり人間的な反応でしょう。あのような非常にスムーズな勝利を経験すれば。しかし、私は当時の吉田健一[*]さんの反応には誰よりも驚かされました。

小池　そうですよね。吉田健一氏は、当時反戦的な思想の持ち主と退けられていた親米派の外交官、戦後の日本政界のトップ、総理大臣となった吉田茂[*]氏のご子息ですからね。

キーン　吉田さんは私の大の親友でした。英語も英国人と変わらぬ美しい英語を喋る方です。そして、仕事も英文学が専門でした。にもかかわらず、開戦に際しては、暗雲が晴れて陽光が差し込んだなどという記述を残しています。それはとても私が知っている吉田さんとは思えません。

小池　吉田茂氏は、陸軍の憲兵隊ににらまれるほどの反戦思想の持ち主で、戦争中は外交官として干されていたようなものですが、その息子さんの吉田健一氏は、そんなに喜んでいたのですね。

＊吉田健一　一九一二―七七。『英国の文学』『文学概論』、小説『本当のやうな話』他

＊吉田茂　一八七八―一九六七。戦後四八〜五四年連続して首相となり、親米政策を推進

キーン　たとえ一時的にしても、確かにそう思ったのでしょう。

小池　一方で、戊辰戦争のときに朝敵とされた長岡藩出身で、太平洋戦争開戦当時の海軍の連合艦隊司令長官であった山本五十六《いそろく》*は、大佐時代に米国駐在武官の経験もあり、「アメリカのデトロイトの自動車工場とカリフォルニアの油田を見ただけでも、こんな国と戦争をしたら大変なことになることが分かる」とよく海軍部内の対米強硬派などに言っていた。また、それこそ、日米激戦の象徴となった硫黄島の司令官栗林忠道中将*──戦死されて大将になりましたけれども、その方も米国駐在武官の経験者でした。当時、彼は若い佐官の時代で、出身は騎兵将校。つまり近代戦では戦車隊の運用が専門ですから、自動車が好きで、自らも米国で自動車を購入し、広く、ほとんど全米を自動車旅行しています。そしてこんな広大な国土の国と、日本は戦争すべきではない、ということを言っている。軍部の中にはそういう考えを持っている人が何人かいたのに、それは大きな流れとはなりませんでした。圧倒的に、日本はこれでア

*山本五十六　一八八四―一九四三。海軍大将・元帥。真珠湾攻撃などに成功したが、ソロモン諸島ブーゲンヴィル島付近で搭乗機を撃墜され戦死

*栗林忠道　一八九一―一九四五。陸軍軍人。四四年五月、約二万三千人を率い硫黄島の守備に当たる。四五年二月の米軍上陸後の激しい戦闘の末、三月守備隊全滅

メリカに勝つんだ、と。

先生が実際に日本兵の捕虜と接したご経験から、どのように感じられたかうかがいたいのですが、本当に日本人は、イギリスとアメリカ、オランダ、そういう国々を相手にして勝つと思っていたのでしょうか。

キーン　思っていたでしょう。考えてみれば日本はその前に二つの戦争を経験していますからね。まず日清戦争ですが、中国はいかにも大きい国でした。日清戦争直前に中国の艦隊が日本に来て、日本側は驚愕します。向こうにはあんな大きな戦艦があるのに、こちらには何もないと。人口においても日本の五倍はある強い国だし、ヨーロッパ諸国も日本がまともに戦えるのは最初だけで、すぐに中国の国力に押されるだろうとの予見が一般的でした。しかし、勝ったのは日本でした。

そして、次の大戦、日露戦争でも、日本はアジアの小国で、ロシアはヨーロッパでも随一の軍隊を擁するにも拘らず、日本の勝利で世界は驚きます。

小池　でも、ある意味、それは不幸なことであった。例えば日清戦争にしろ、日露戦争にしろ、やめどきというか、この辺で手を打とうじゃないかというのがあったはずです。例えば日露戦争も、そのやめどきをとらえて講和に至りました。アメリカのポーツマス講和会議に出た小村寿太郎*外相は、帰ってきたら売国奴みたいな感じでした。おまえは何で樺太を半分もあげちゃったのか、まるで降伏したみたいじゃないか、と石を投げられるみたいな感じで外務省に帰ってきたのですけれども。

ともかく、日清、日露戦争で、自分たちはものすごい大国なのだ、第一次世界大戦後のヴェルサイユ体制*の中に入っていった五大国なのだ、という意識を強く持つことになったのでしょうか。つまり、第二次世界大戦の開戦の前には、国民も大国意識を強く持っていたのかということですが……。

キーン　しかし、今の話は外交官の話で、軍人の話ではないでしょう。

小池　そうか。やはり軍人は狂信的でしたか。

＊小村寿太郎　一八五五―一九一一。外交官。外務大臣・特命全権大使となり、日英同盟・日露講和および韓国併合の事にあたる

＊ヴェルサイユ体制　第一次世界大戦の講和条約であるヴェルサイユ条約（一九一九）後の体制。平和維持機関として国際連盟を創設。五大国とはアメリカ、フランス、イギリス、イタリア、日本

キーン　東条英機は国会で演説し、数年か近いうちにオーストラリアは我がものになるといった話を大声でしても、誰も笑わなかったし、オーストラリアがどれ程遠いかという進言も一切ありませんでした。軍人は冷静に物を考えられないのでしょう。外交官は小村がいい例でしょうが、ここで終わりにしようという判断は出来たと思います。

どうすれば開戦は避けられたか

小池　太平洋戦争に入っていったことは——いま東大教授の加藤陽子さんが『それでも、日本人は「戦争」を選んだ』*という面白い本を書いていますけれども——日本にとって最終的な選択肢ではなかったのですよね。例えば日米交渉を妥結するということでも、時のハル*国務長官にしろ、先生が非常に尊敬されている、時のルーズヴェルト大統領にしろ、ハワイにおいての首脳会談と

＊加藤陽子『それでも、日本人は「戦争」を選んだ』朝日出版社、二〇〇九

＊ハル　一八七一—一九五五。三三—四四年国務長官。日米開戦直前に両国の衝突回避のため野村吉三郎大使と折衝をかさね「ハル・ノート」と呼ばれる提案を行った

いうように近衛文麿*とルーズヴェルト大統領の会談が実現して、ある程度、対米資産の凍結や、日本への原油輸出禁止ということが緩められていけば、南方に出ていこうとか、まずアメリカ軍の太平洋艦隊を沈めようというパールハーバーの作戦もなかったかもしれません。そういう可能性は、先生はその時代に生きていて全然感じておられませんでしたか。先生はお若かったかもしれませんけれども、パールハーバーの日本軍攻撃を聴いた際は、当時のアメリカでは、日本人というのはとんでもないことをやったという意識が強かったのでしょうか。それとも、いや、当然だろう、これだけの包囲網を受けてきて、アメリカも相当強い態度に出てきましたから、日本は戦争を選択するしかなかったのだろうということでしょうか。先生ご自身は、その時代に生きたアメリカ人としてどう考えていらっしゃいましたか。

キーン　私はあの時も反戦主義者でした。戦争は罪悪で、武器の使用は人間がやるべきことではないと信じていました。また、決して日本を軽視したわ

＊近衛文麿　一八九一―一九四五。軍部を中心とする勢力にかつがれて三たび首相となった貴族政治家

けではないのですが、ドイツの状況をより重く受け止めていました。つまりドイツ軍はアメリカと直接関係のあるイギリスや周辺諸国に攻め入るだろうと。イギリスが攻撃されたなら、次はアメリカだと。しかし、日本がアメリカを攻撃するとは想像もしなかったし、日本軍がアメリカに上陸するとも考えませんでした。ドイツ軍なら可能と思いましたが、日本はいかにも遠く映ったのです。そんな思いは厳密には間違いだったでしょう。どの国にもその可能性はあった筈だからです。しかし、日本と戦争することがやむを得ないとは絶対に思いませんでした。

小池　ということは、もし一九四〇年代当時にしっかりした日本の政治家がいて、アメリカと戦うべきでないと、ドイツ、イタリアのああいう全体主義国家、ファシズム、ナチズムと日本は手を結んではいけない、と民衆に説ける政治家がいたら、この戦争はなかったということですね。

キーン　そう思います。あるいはもし日本側から、満州は絶対に譲れないが、仏印からは手を引くといった譲歩があれば、戦争が起こらなかった可能性もあると思います。

小池　でも、恐らく満州帝国*をアメリカが認めないという、その一点に日本の帝国陸軍はこだわった。あれをつくったということに、日本の満州進出への意図があったのでしょうから。満州帝国をつくったということは、日本にとって一つの大変な不幸を招いたということになりますね。

キーン　そうでしょうね。満州帝国を認めなかったとはいえ、アメリカの会社や銀行は満州帝国にありました。だからまったく無視していたとはいえません。一応、認めていたとも解釈できます。しかし、仏印は石油もないし、日本にとって必要とは思えません。

小池　ボルネオまで行かなければ、ないですものね。

キーン　有効な妥協策を打ち出し、国際社会に満州帝国を認めて欲しい、といった駆け引きを巧みに行えば、あるいはその方向で解決した可能性はある

＊満州帝国　一九三二―四五。日本が満州事変によって作った国家。溥儀(もと清の宣統帝)を執政として建国、三四年に溥儀が皇帝に即位。首都は新京(長春)

でしょう。

小池　それでも我々は戦争を選んだ——というだけではなくて、ほかの道も本当はあり得たのだと。

キーン　あり得た筈です。変な比較ですが、第二次大戦が終わってから、まだ数年しか経っていない頃、私はヨーロッパで忘れられない光景を見ました。スイスでしたが、人が長蛇の列を作っているのです。いったい何事かと聞くと、砂糖を求めているというのです。なぜかと言えば、アメリカとソ連の間で、また近いうちに戦争があるだろうと。つまり砂糖は腐らないから、買い置けば、仮に四年間の戦争があっても凌げるだろうと。ウソのようですが、それは実話で、また近いうちに戦争があると誰もが思っていました。しかし、戦争は起こりませんでした。あれほど切実に戦争を信じても何事もなかったのです。

日本人の戦争日記

小池　日本人の戦争の日記の話に戻りますと、東大教授の渡辺一夫先生や、江戸風流作家に自分を擬して全く軍部を嫌っていた永井荷風氏など、私にとっては非常に理知的であり、覚めているというか、よく物事を見ていた方は、戦争に対して礼賛の文章を書いてはいません。キーン先生の『日本人の戦争——作家の日記を読む』では、そういう渡辺一夫先生や永井荷風氏のことにもふれられています。荷風の日記には軍部への反感が度々書き記されている、とありましたね。

しかし、高見順氏だとか伊藤整氏だとかの、日本はついにやってくれたんだ、日本海軍はやはりやってくれたのだ——という態度に、むしろ一種冷徹な目をそそいでおられますね。私も反戦思想の人間ですから、これほどの文学者が、日米開戦で雲が晴れたようなことを書いてもらっては困るよ、と思うのですけれども、先生はどう思われましたか。

キーン　私は伊藤整さんと親しかったので、コロンビア大学に一年間招きました。何回も会いましたし、大変親切にして頂きました。しかし、彼の日記によると、自分が歳若い頃から、英語を学んだのは一番優れた文学があるからではなく、英米が最も強大な国々であるからだと。しかし、日本が英米に抱えていた劣等感が、開戦で逆転して優越感に変わったとさえ書いています。日本民族が世界で最も優れた民族であると証明する時だとか。これは極めて特殊な発言でしょう。

小池　戦後、伊藤整先生と先生がお会いになっている中で、そういうことは話題にされなかったんですか。

キーン　いや、全然。私は知りませんでした。日記そのものの存在を知りませんでした。日記が発表された段階では伊藤さんは亡くなっておられましたし、個人的には典型的な英文学者と思っていました。ユーモアもあったし、細かな好奇心にあふれた人で、たとえば典型的なドイツ文学者とは大違いでした。いつも微笑みを絶やさず。いかにも英国文学の影響を受けた人だと思っていましたから、初めて日記を読んだ時には、本当に大きなショックを受けました。

小池　この人は二重人格かと思うぐらいのショックでしょうね。

キーン　はい。それで彼と交わした会話を思い起こし、それらしい発言がなかったか……とも考えたのですが、なかったと思います。むしろ、私は伊藤さんは左翼的な方ではないかとさえ思っていました。

小池　先生は、永井荷風先生にも晩年お会いになりましたね。

キーン　はい。

小池　永井荷風先生は、亡くなるのがその一カ月後か二カ月後ぐらいでしたね。戦争のことは、そのとき全くお話にはならなかったのですか。

キーン　しませんでした。私は『すみだ川』の翻訳を発表したのですが、荷風はフランス語が堪能であると知られていたし、アメリカの大学にも行ったので、英語も達者でした。そして、私の翻訳を読んでくださって褒めて頂いたので、本当に嬉しかったのです。

小池　先生もお若かったときですね。この人が『断腸亭日乗』の中で、金切り声を上げている女がいてどうしようもないとか、日本の軍人の「オイッチニ、オイッチニ」は全然好きじゃなかったと書いているわけですが。荷風は軍部、また開戦については、霧が晴れたようだとか、そういう感情はなかったそうですね。

キーン　全くなかった。荷風の日記が出たのは早くて、終戦直後には発表されていました。ああいう日本人もいたのですね。つまり「自分の好きなウィスキーも飲めないから、日本の最後だ」とか。そんなことを書く人は他にはあまりいなかったでしょう。

小池　渡辺一夫先生の『敗戦日記』* を、先生が探されたのだけどないとい

＊渡辺一夫『敗戦日記』博文館新社、一九九五

うので、私が先生に差し上げた思い出があります。渡辺一夫先生は、日本の今の文化、それから今の日本の力で、こんな戦争をやったらとんでもないことだということを、憤慨ということではなくて、非常に理性的に、理知的に書いていますね。

キーン　最後の点は確かにおっしゃるとおりですが、しかし、彼はアメリカが強いから、そんな国と戦うのがとんでもないという話以上に、戦争そのものに反対していました。大国との戦争が悪いだけではなく、相手が小国であろうと良くないと。戦争そのものが悪い。そして、彼はもし第一線へ行けと言われれば、自分は行くが、それでもアメリカ兵を殺さない、自分は捕虜になると。それはおそらく当時の日本でただ一人の証言でしょう。

戦場のエロイカ・シンフォニー

小池 先生は鉄砲を撃つのは嫌いだし、反戦思想ですね。「私の人生は逃亡の歴史です。なるべく嫌なことは避けてきた」――と先生はよく言われますが……。だから、アメリカ国民として兵役にとられて、もし海兵隊に行っていたら大変だったことでしょう。それで海軍日本語学校を選ばれたわけですが、入学されるのは、やはり非常に難しかったのではないでしょうか。アメリカの一流大学の上位二％ぐらいしか採らないようなアメリカ海軍の語学情報将校になられて、カリフォルニア州のバークレーでそれを勉強されていた。そこでは、自分が戦争に加わるのだとか、アメリカ国民の一人として、海軍将校として、やはり何か国を守ることをしなければいけないのだ、という気持ちもおありになったわけでしょうか。

キーン　いや、そうではありません。また、なぜ私が海軍に志願したかと言えば、日本語を覚えたかったからです。

海軍に日本語学校があると知りました。その前には家庭教師もいたし、大学でも勉強しました。しかし、週にわずか三時間です。ところが、海軍の日本語学校は一日に四時間の集中教育で、まったく違ったレベルでした。私の反戦思想は相変わらずで、自分が軍隊で武器を使うとは夢にも思っていませんでした。ただ、日本語を覚えたかっただけです。それが最初のきっかけです。

小池　でも軍服も着ておられたし、最後は海軍大尉ですよね。

キーン　はい、そうです。やがて、書類の翻訳や日本軍が戦場に残していったものも翻訳しました。それから毎月、数時間ですが、捕虜の尋問も任されました。おかげで捕虜たちと大変親しくなれました。戦後になっても友人としてつき合う人もいました。

小池　それはなぜでしょうか。

キーン 私は、人間が好きだったので。

小池 日本人が好きというわけじゃなくて、捕虜となった人間が好きだった。

キーン それに収容所の所長も私の親友でしたし。

小池 オーティス・ケーリ*さん、戦後、同志社大学の先生になられた……。

キーン 彼は捕虜の中で優秀な人々を私に回してくれたのです。

小池 そのハワイで捕虜の尋問をしたとき、先生は別に軍事情報なんてとろうとされなかったのでしょう。

キーン 尋問と言っても、指導にしたがって質問しただけです。「戦艦大和や武蔵を見たことあるか」とか。それだけです。しかし、次の質問となると、「最近、どんな面白い小説を読んでいますか」とか、「どんな音楽が好きですか」とか。そして、一、二時間ほど楽しい話ばかりしていました。

小池 やはり先生の知的レベルと、そういう話ができる、例えばモーツァルトはいいねとかという、将校クラスだとそういう捕虜もいっぱいいたわけで

＊オーティス・ケーリ　一九二一―二〇〇六。日本で生まれる。真珠湾の陸海軍情報局に配属され、アリューシャン列島の作戦及びサイパン島の占領に参加、ハワイの日本人捕虜収容所所長を務める。海軍大尉。戦後同志社大学でアメリカ文化史の教授を務める（『昨日の戦地から』より）

すね。

キーン かなりいました。ある時、私と大変仲の良かった捕虜が「音楽を聴けないのは辛い」と訴えたので、私は「どんな音楽が聴きたいか」と問いました。相手は「ベートーヴェンが好きです」と。「ベートーヴェンの何が好きですか」「交響曲第三番『英雄』*です」。考えてみると捕虜に音楽を聴かせることは禁じられてはいませんでした。そこで私は当時の蓄音機とレコードを用意して捕虜収容所に行って、そこのシャワー室で——一番良く音が響くので——レコード・コンサートを開いたのです。まずはホノルルの町で買った日本の流行歌のレコードを聴かせてみると、なるほど全員がそれを知っていました。その後で、ぼくは言いました。

「これからは外国の長いクラシック音楽ですが、聴きたくない人は帰っても結構です」と。

しかし、誰も帰らないので、そのままベートーヴェンの第三を通して聴かせ

＊ベートーヴェン、交響曲第三番「英雄（エロイカ）」作品五五、一八〇四年

たのです。それは、私の戦争経験の中でも、忘れられない一件です。戦時中、確か一九四四年でしょう。

小池　形の上では敵国同士なのですが、何か、お互いに敵意というのは感じられなかったのですね。

キーン　その時、出席していた捕虜の一人は高橋義樹*という人で、伊藤整の弟子でした。伊藤さんの日記にも出て来ます。彼は「同盟通信*」の記者として第一線に送られて、グアム島で捕虜になったのです。そして、戦後になってから、彼はあの晩の出来事、つまりレコードを聴いた夜のことを書きました。どうして私がベートーヴェンを聴かせたかと。ベートーヴェンが自由主義者であったからか、ナポレオンを嫌ったからか、日本人に西洋的思想を植え付けるためかなどと、色々考察した末、ただ単に私や捕虜がそれを聴きたかっただけと結論づけた、そんな素晴らしい短編を残しています。

小池　先生は語学将校として、ニミッツ提督*から、草書体を解することが

＊高橋義樹　一九一七―七九。日本大学芸術科卒。四四年、同盟通信社の海軍報道班員兼同盟特派員として従軍、米軍捕虜となる。四六年帰国。『サイパン特派員の見た玉砕の島』一九七八

＊同盟通信　第二次世界大戦時の日本を代表する独占的通信社。一九三六年一月業務開始、四五年十月解散

＊ニミッツ提督　一八八五―一九六六。米海軍軍人、元帥。太平洋戦争中の太平洋海域におけるアメリカ海軍の最高指揮官

できた米国海軍語学将校として表彰状をもらっています。でも、優秀な語学将校、情報将校としてものすごい軍事機密をとろうなんて、全く考えていなかったわけですね。

キーン　はい。私の立場では軍事機密とはまったく無縁でした。

小池　それでは、捕虜と仲よくするということは、ご自分の日常であり喜びであったわけですね。

キーン　そう。私だけではなかった筈です。要するにアメリカが必要とする情報は一般の捕虜たちも知りませんでした。島のどこに要塞があるか、といった次元の知識はありませんでした。そして、戦艦大和や武蔵を見た人も皆無でした。見たとしても遠くから見た程度で、戦艦の鋼鉄の使用量その他、具体的知識はまったくありませんでした。

小池　先生は情報将校というより、捕虜のお友達、先生みたいな感じで接していられたということですね。

キーン　そんな感じもありました。今も付き合いのある元捕虜も一人だけ残っています。

（二〇一〇年十一月九日収録）

Ⅱ 記憶のなかの戦争

捕虜を尋問するキーン氏（1945年7月20日付のアメリカ海軍の新聞に掲載されたもの）

愛国心について

小池　キーン先生は、アッツ島で、日本兵の「玉砕」の現実の姿に直面されたというお話をうかがいました。歴史的には、そのとき初めて、当時の大本営発表として、「玉砕」という言葉を使ったことになります。その現実の姿に直面して、先生は日本兵士の愛国心というものを強く感じられたのでしょうか、また、死んだ兵士に対する、決して軽蔑の感情の意味ではないにしても、ある一種の狂気を感じられたのでしょうか。先生がお話しされたりした日本兵の捕虜に対しては、どうでしょうか。愛国心を感じられたのかどうか……。

キーン　その時には感じませんでした。この時点では私が接する捕虜も少なかったので。捕虜には本物の軍人だけではなく、軍属という立場の人もいて、決して愛国心に燃える人ばかりではなかったし、いささかみじめにも映ったものです。

小池　朝鮮の方もおられたのですか。

キーン　朝鮮人の愛国作業団というのがありました。そして、私はいつから朝鮮人が増えたか記憶していませんが、とにかくある時点から急に増えました。すると朝鮮人の扱いに戸惑うことになったのです。我々の敵なのか、それとも日本人から見た敵なのかと複雑な判断を迫られて。結局、日本人とは別々に収容することになりました。日本人と朝鮮人を同じ房に入れると騒ぎが起きたり、殴り合いがあったり。私が受けた印象では、大変仲が悪い感じでした。ただし、いつも必ず騒動が起きたというわけではありません。

小池　アッツ島、キスカ島をふくむアリューシャン列島*は、戦略的にそれほど大事というよりも、アメリカ本土に近い島をとりたい、という日本軍の意図があったのだと思います。ところで、先生はやはりアメリカ人でいらっしゃるし、アメリカ人としての愛国心もおありだったでしょう。鉄砲を撃つことで

＊アリューシャン列島　アメリカ合衆国アラスカ州南西部に位置する列島。約一五〇の小島からなり、北太平洋とベーリング海を隔てる。アラスカ半島からロシ

はなくて、語学将校としてアメリカ海軍に……ということで、先生はある種の愛国心を務めている――というお気持ちだったのでしょうか。

キーン 無かったとは言いませんが、燃えるような感情ではありません。むろん、あることはありました。たとえば、ミッドウェーの海戦*でアメリカの勝利を聞いた時には、大変嬉しく思ったものです。それは間違いありません。しかし、日本の軍艦が撃沈された結果、溺れて死ぬ人々を喜んだわけではもちろんありません。そういう狂信的で極端な愛国心とは無縁でした。しかし、常識的な範囲での愛国心は当然ありましたし、アメリカが勝つことを期待していました。

アのカムチャッカ半島にむかって西方に、約一九三〇kmにわたって連なる(小池)

*ミッドウェーの海戦　一九四二年六月、日本が敗北。この海戦以降米軍優位へと戦局が変化した

私の反戦、平和主義

小池 ルーズヴェルト大統領は、真珠湾海戦、真珠湾を日本軍が奇襲した

としました。要するにそれは手続き上、日本外交の失敗なのですけれども、最後通告が遅くなって、ある種のだまし討ちというイメージを与えたと思うのです。ルーズヴェルト大統領は政治家ですから、もちろんそこを利用します。日本軍が参戦することを聞いたとき、先生はそれほど日本のことと深くかかわっておられなかった。コロンビア大学の非常に優秀な学生として日本語のことを少し学んではいたし、日本文学も多少知っていた。そういう中で日本と開戦していくのに、何か嫌な気持ちを抱いたか、逆にそういう卑怯なパールハーバー攻撃をやった日本と戦うことは、アメリカとしてよいことなのだ、というお気持ちの方が強かったでしょうか。

キーン　いいえ、私はそんなことは決して思いませんでした。喜びを感じたり、ようやく実現したとか、そんな感情は皆無でした。私は骨の髄からの平和主義者で、戦争ほどの罪悪はないと信じていましたから。したがって、日本を叩く時がやって来たという気持ちは毛頭なく、最後まで戦争の回避を祈っていました。

これは日本のことではありませんが、ミュンヘンでイギリス、フランス、ドイツ、イタリアの首脳が集まって、結果としてチェコの一部がドイツの領土になったことがありましたね。

小池 当時のイギリスの首相はネヴィル・チェンバレンでした――一九三八年九月のヒトラー*とのミュンヘン会談でナチス・ドイツによるチェコの併合を認める宥和政策をとったことで、結果的に第二次大戦が始まり、ナチス・ドイツの台頭を許すことになったとしてイギリス国民に批判された……。

キーン はい。私は当時としては珍しい方かも知れませんが、正直言ってホッとしました。戦争が回避されたからです。多くの人々はチェコが裏切られたと感じて憤慨していましたが、私だけは喜んでいました。

小池 戦争が遠のいた、と。

キーン そう思うと嬉しかったのです。相手がドイツであろうとも、戦争

＊ヒトラー 一八八九―一九四五。第一次大戦後の一九一九年ドイツ労働者党に入党、党名をナチスと改め一九二一年党首。世界恐慌の混乱の中で中間層の支持を得、三二年ナチスを第一党とし、翌年首相、三四年総統。以後対外侵略を強行するが戦況は悪化。降伏直前の四五年四月三十日に自殺

に踏み切るべきだと一度も思いませんでした。しかし、いざ開戦を迎えると当然アメリカの勝利を願っていました。でも、戦争の勃発で暗雲が晴れて、陽光を拝むような感じとか、そんなことは全くありません。当初から戦争を嫌悪していました。それに当時の私は日本人をほとんど知らなかったし。いちばん良く知っていたのはコロンビア大学の角田柳作《つのだ》*先生ですが。

小池　日本思想史や日本文化史を教えておられた、東京専門学校（現早稲田大学）出身の角田先生ですね。

キーン　私は角田先生を心から尊敬していました。ですから日本人を殺すなど、私にとっては最悪の行いでしかありません。

アメリカでも第一次大戦の頃と第二次大戦の時代では、当然、様々な違いがありました。まず、第一次大戦の時には、アメリカはドイツ政権や軍隊だけではなく、ドイツそのものを否定していました。たとえば、メトロポリタン・オペラでも、ドイツの音楽はまったく演奏されませんでした。それにドイツ系の

＊角田柳作　一八七七―一九六四。コロンビア大学教授を務め（～五四）、Japanese Culture Center を設立、戦中・戦後を通し生涯の殆どを米で過ごした

苗字を持つ人は、よく名前を変えたものです。ドイツ風の背景から脱却しようと。しかし、それは第二次大戦の頃にはまったくありませんでした。メトロポリタンでもワーグナーを普通に上演したし、プッチーニの「蝶々夫人」も上演されました。苗字を変える人はなかったでしょうし、戦争に反対する人は第一次大戦の時には、国賊扱いでしたが、第二次大戦ではそうではなかった筈です。第二次大戦でも反戦を唱える人はいましたが、特に新聞に書かれることがなかったのです。

ヨーロッパ戦線と真珠湾攻撃

小池　それは何か政策的にも見えるのですが……。アメリカは第二次世界大戦に参加していて、その第一の理由はむしろヨーロッパにおける戦いです。ナチスの全体主義の狂気がヨーロッパ全体を覆ったとしたら、一種の文明破壊だ、という気持ちの方が、どうもルーズヴェルトのいろいろな日記や、ラジオによるアメリカ国民への語りかけなどから察せられます。このルーズヴェルトのラジオ放送は「炉辺談話」*という呼称で、ルーズヴェルトが如何にメディアを利用して、アメリカ国民一人一人の心を摑むのに長けていたかということの象徴ですが、この内容から判断しても、ルーズヴェルト大統領は欧州参戦を重視していたと思います。日本に対しては、恐らく外交的に追い込んでいけば妥協する点もあるのではないかと考えていたのではないでしょうか。まさか日本海軍の力でハワイまで来て、世界の海軍戦略の上で初めてに近い形で、航空母艦から艦載機を飛ばしてアメリカ太平洋艦隊をおおかた沈めるとは。真珠湾は底が浅いですから、あんなところで使える魚雷（投下した際深く潜らないように、水平板に魚雷推進スクリューを囲むところに取り付けたりして）を工夫して、アメリカ太平洋艦隊の多くの主力艦を座礁、沈没させるとは。後にミッドウェー海戦の日本海軍敗北の原因となり、戦略的には失敗と言えるのですが、

＊炉辺談話　ルーズヴェルト大統領が一九三〇年代、ニューディール政策の理解を得るため、ラジオを利用しておこなった政策説明

このとき空母は逃しました。いずれにしろ、日本海軍、ひいては日本がそこまで踏み込んで、戦争を仕掛けてくるとは、アメリカの指導部は真剣には考えていなかった。少なくとも真珠湾攻撃などは全く考えていなかった気がするのです。先生ご自身も、やはり戦争ということを考えると、まずナチス・ドイツ、という方が強かったのでしょうか。

キーン きっと以前からアメリカはイギリスと共にドイツを攻撃したかったのです。ただ、何と言っても大義名分がなかった。つまり、ドイツはアメリカに直接、手を下していなかったので。もし、どんな些細な紛争でも起きて、一隻でも船が沈んだとか何かがあれば、それがきっかけになった筈でした。そんな何事かを待っていたとも言えます。そこへ日本軍の真珠湾攻撃があって、ドイツへの宣戦布告にもつながったのです。

小池 つまり三国同盟*を、日本がドイツとイタリアと結んでいたから。

キーン イタリアの存在もありましたが、しかし、一般のアメリカ人はナ

*三国同盟　一九四〇年に成立した、日本、ドイツ、イタリア間の同盟

チス・ドイツへの宣戦布告と攻撃を喜んだのです。日本と戦いたいという気持ちはなくても。

小池 そういう状況のなかで、先生は日本語の語学将校の道を選択された。ヨーロッパ戦線には全く行かず、太平洋戦線に行くという運命になられたんですね。

地の果て、アッツ島

キーン はい。これは別の話ですが、アッツ島に向かう時、新聞記者も同じ船に乗っていました。ところが彼等は不平たらたらで、文句ばかり言ってました。同じ戦争でもヨーロッパ戦線ならA級の戦争だが、こっちはB級の戦争であると。それで記者たちは大いに不愉快だったのです。

小池 つまりAは華々しくスポットライトを浴びるヨーロッパ戦線で、B

はこんな地の果てのような島に送られて、一度も会ったことがない日本兵との戦いを、ジャーナリストとして新聞記者として報じなければいけない――そういう感じでしょうね。

キーン それにヨーロッパなら有名な土地もありますからね。ところがアッツ島なんて誰も知らないし、島の内部の地名さえ定かではありません。ヨーロッパならフランスでもドイツでも聞き覚えのある名前の町に行くこともあるでしょう。それなら戦争に対する理解も変わってきます。しかし、アッツ島の名前を聞いたことのある人はおらず、切手を集めて外国の名前や風景に親しんでいた私でさえ、まったく知りませんでした。

小池 その後、キスカ島については日本海軍が撤収作戦をして、そのときの木村提督*という海軍少将が、ちょうどうまいぐあいに霧の中、日本兵を撤退させることができたんですけれども。先生はその後にキスカに上陸されて、「ペスト患者収容所」と書いた立て看板を見て、それが実は何年も後で本物ではな

＊木村昌福（まさとみ）一八九一―一九六〇。四三年六月、難条件下でのキスカ撤退作戦を成功させた

かったと。アメリカ軍が見つけるだろうと予想して、偽物のその看板を書いた……その日本人の妻にも会ったというエピソードが、先生の自伝にあります。

キーン　そうでした。もう随分昔のことですが……。

小池　そのキスカ島に上陸したときも、アッツ島に上陸したときも、なんでこんな島を争わなきゃいけないのか、と。二十歳の語学将校として、なんでこんな島に……という気持ちがあったでしょう。

キーン　まったくその通りです。アッツ島は本当にひどい場所で、あの島こそは地の果てと言えるでしょう。常に寒く、霧がかかって何も見えない。それに踏んだら水が浸み出すツンドラに覆われて。世界で最も嫌な所と思っていました。唯一の取り柄は黴菌《ばいきん》さえ寄り付かないことで、アッツ島の滞在中、風邪をひいた人は一人もいなかった筈です。ほかは本当に最悪でした。

小池　日本のその当時の新聞を見ると「玉と砕ける」とか。父もあれば母もあれば、もしかしたら子もあったかもしれない日本人たちが、ですよ。それは山崎大佐自身は、軍神として崇められた。だけど、戦略的な戦闘の結果の戦死とは、どうしても考えにくいですね。

キーン　考えて見れば、アッツ島を重視したのは、あくまで日本側だけなんです。日本人には大変な意義がありました。アメリカにとって、そのような思い入れは全くなかったのですが。アッツ島は新聞でも取り上げられ、歌人や俳人もアッツ島を題材にして歌を詠んだほどで、島の統治には非常な関心があったと言わざるを得ません。しかし、アメリカではそこに島があり、戦いがあると知ってはいても、全ての関心はヨーロッパに注がれていたので、アッツ島が日本に占領されたと知っても、ひどく憤慨する人はいなかったと思います。あまりまともに考えていなかったというか。

日本では非常に強い反応を巻き起こし、人々が執筆の題材として度々取り上げたのは、沖縄でも他の島でもなく、アッツ島でした。

小池　そうですよね。申し上げた通り、そのアッツ島では初めて「玉砕」

という言葉が使われたのですが、作家の小田実《まこと》＊さんも、まさに『玉砕＊』という題の本を書かれていますね。

キーン　その通りです。私は小田実さんの小説『玉砕』を翻訳しました。小説の翻訳を手がけたのは二、三十年ぶりでした。小田さんから突然届けられた、その本を読んで、これは自分と関係がある、是非、翻訳しなければと即座に思いました。私はアッツ島で日本軍最初の玉砕を見たからです。そして、玉砕した犠牲者の中には日本人だけではなく、別の人々も混じっていました。朝鮮の人と沖縄の人です。小田さんは、それに気づいていたに違いありません。

小田さんはパラオまで行って熟考を重ね、色々話を組み立てたと思います。決して好奇心だけの旅ではなかったでしょう。ただ、アッツ島はかなり大きい島です。そういえば、藤田嗣治＊もアッツを題材にした素晴らしい絵があります。藤田がそこに行ったわけではないのですが、作品には迫真の説得力があります。

小池　そういう意味では、アッツ島の玉砕というのは、日本がその後戦っ

＊小田実　一九三二―二〇〇七。『何でも見てやろう』『「アボジ」を踏む』『ＨＩＲＯＳＨＩＭＡ』他

＊小田実『玉砕』新潮社、一九九八

＊藤田嗣治　一八八六―一九六八。洋画家。一三年渡仏。乳白色の絵肌に独自の特徴がある描法で知られる

ていくときの一つの原点的なものがありました。「玉の心を持って敵を砕かん」——一種の自爆攻撃だし、後に出てくる神風特攻隊の精神の発露でもある。先生が最初に上陸された日本軍が占領していた島が、そういうアッツ島だったわけですね。

キーン　とにかくアッツ島は日本軍の作戦の中でも悲惨な結末を迎えました。だからキスカが上手く行ったというのではありませんが。日本人はすでに退却していたのに、アメリカの航空隊は、まだ日本軍がいると間違った情報を流していました。まだ高射砲があるとか。この時点ではアメリカよりも日本の方が戦争に慣れていたと言えるかも知れません。

今、言ったことは、多くの航空写真を撮影して、キスカ島での動きを調べながら、いざ上陸してみれば誰もいなかった、というのが間が抜けていると思っただけです。アメリカ軍だけではなくカナダ軍もいたのに。日本兵すべてが地下壕に潜んでいるというのなら、動きもないでしょうが。しかし、とにかくキ

が、三八年海軍省嘱託として中国に派遣され、以後仏印等を廻り数多くの戦争画を描いた。アッツ島を描いたのは《アッツ島玉砕》（一九四三）

スカでは大きく驚かされました。

ルーズヴェルト大統領の希望の声

小池　日本がパールハーバーを攻撃したとき、時のルーズヴェルト大統領*にとって、アメリカの世論をまとめて参戦するにいい機会だととらえたのではないでしょうか。先生はそのときは、ルーズヴェルト大統領のそういう政策はあまり感じられなかったのかもしれませんけれども、ルーズヴェルト大統領は、日本にとっても非常に大きな存在だったわけです。ハル国務長官とともに日本の交渉相手ですから。ルーズヴェルト大統領に対してどういう印象を持たれていましたか。ある意味、戦争に突き進んだ大統領ですよね。

キーン　私は子供時代からルーズヴェルト大統領を崇拝していました。大不況のさなかに彼の声を聞くのは、本当に大いなる慰めでした。

＊フランクリン・ルーズヴェルト　一八八二―一九四五。ニューディール政策の敢行、大恐慌からの脱出、第二次大戦には連合国の戦争指導と戦後の世界平和確立に努力するも、終戦を目前に急逝

小池　先ほど言った「炉辺談話」をラジオで始めた。

キーン　はい。一つの記憶があります。大統領のラジオ放送はいつも欠かさず聞いていましたが、ある日、何かの用事で時間が間に合わず、なんとか聞こうと家を目指して走っていたのです。しかし、家路を急ぐ中で、すべての家から同じ放送が聞こえて、結局、ほとんどは聞こえたのでした。

もちろん、ルーズヴェルトを嫌う人々もたくさんいました。ある種の金持ちがそうでした。アメリカを嫌ってオーストラリアに行った年寄りもいました。雑誌『ニューヨーカー』の中でも、彼を批判する滑稽な漫画もたくさんありました。しかし、それらを除けば、ルーズヴェルトの声は希望の声そのものでした。アメリカ人は絶望していた民族でしたから。

小池　それは、今の私には驚きの言葉に響きますね。

キーン　そう、あの頃は大不況の時代です。一九三〇年代、人々は本当に絶望していました。不況は永遠に続くと思われていました。少なくとも私はそう考えていました。どんなことがあろうと。しかし、ルーズヴェルト大統領の出現で、初めて希望の陽がさした、そう感じられたのです。大統領就任の時点から、彼は国民に希望を与えたのです。私は自分が読んでいた本の中に「今日ルーズヴェルトの声が聞こえた」という文字を書いたほどです。とにかく本当に大変な喜びでした。これで、ひどい不況もあるいは終わるのではないかと。戦争に入ってもその気持ちは変わりませんでした。ルーズヴェルトが亡くなった晩、私は沖縄に居たのです。基地の中では大きなトラックに機材を積んで、外部に光が漏れないようにして映画を見せたり、通常とは違っていましたが、とにかく映画は見られました。その晩の映画はまったく偶然にウィルソン大統領*の伝記のような内容でした。ウィルソンはアメリカの国際連盟加入に努力した人ですが、右翼から妨げられ、自分の希望をフラストレートさせられた人です。そして、ルーズヴェルト死去のニュースが頭の中でウィルソンへの思いと重なり、私は本当に泣いていました。ウィルソンのためにも。ルーズヴェルト

＊ウィルソン　一八五六―一九二四。第一次世界大戦時の米大統領。一八年、国際連盟の組織を含む一四ヵ条を提唱し、一九年のパリ講和会議に臨んだが、上

のためにも。あのような素晴らしい人々が裏切られたと。

小池　つまり、国際連盟をつくって、国際協調主義で、世界に二度とこういう第一次世界大戦みたいなものが起こらないようにしようとしたのに、結局国内の賛成が得られず、アメリカは国際連盟に加わらなかったという――ウィルソンはその悲劇の大統領でした。そしてルーズヴェルト大統領は、自分自身は非常な金持ちで、エリートの出身ですけれども、アメリカにとって二つの戦争――ヨーロッパ戦線と対日本戦――と戦うわけですから、大変なことですよね。かつまたそれ以前は、アメリカという大国があれほどの不景気だったわけで、その中でニューディール政策で回復を導いていったのですから。そして、その中で、アメリカの人々の意見をまとめて、戦争を勝利に導いていった。日本に対する戦争の終結目標をどこに置くか――つまりドイツが敗け、日本が降伏した後の世界の目標をどこに置くかを示した「大西洋憲章*」になってみると、国連憲章のもととなっているものを、チャーチル、スターリンも入れてさえ、

院でヴェルサイユ条約の批准を得ることに失敗した

*大西洋憲章　一九四一年八月、米大統領ルーズヴェルトと英首相チャーチルの会談の結果発表された共同宣言。領土不拡大、政治形態選択の自由、公海の自由、武力行使の放棄、侵略国の武装解除など、第二次大戦及び戦後世界の指導原則を唱っている

つくり上げています。そういう意味では、やはり先生にとってルーズヴェルトは、国際協調主義者であり、平和を本当に求めていた、尊敬する大統領であった——ということでしょうか。

キーン　非常に尊敬していました。

小池　その裏には、彼が非常に狡猾な政治家であるというようなお気持ちは……。

キーン　いや、特にそう思いませんでした。たとえば、彼は最高裁判所の問題を抱えていました。古くから法曹界に在籍する人々は、全員ではなくとも過半数は極めて保守的です。ルーズヴェルトが何とか新しく、より良い世の中を作ろうと努力しても、そのたびにそれは憲法違反であるとか、横やりを入れられて大変なフラストレーションを味わったのです。それが何度もあったため、私はウィルソンを喚起したのでしょう。しかし、今でもオバマに同じことを感じていますが。

小池　話が飛んでしまうからあまり深入りはしませんが、オバマ大統領については、ＡＰＥＣ*の横浜会議（二〇一〇年十一月）の報道、さまざまなアメリカの新聞を見ても、「最悪の大統領」などと、非常に悪く書いていますね。

キーン　私はアメリカの一般紙を読んでないので分かりませんが、そんな意見には賛成できません。彼は最善を尽くしていると思います。ただ、正直な所、私は政治家一般があまり好きではありません。

小池　オバマさんにふりかかっているのは、全部ブッシュ政権のツケですからね。ともかく、ルーズヴェルトという人は非常におもしろいと思います。ジョン・ガンサーの伝記もありますし、最近日本人ジャーナリストによる『アメリカ大統領が死んだ日』*という本が出ました。ともかく非常に複雑に政治には対応していた人です。非常に高潔な考えと、複雑な政治。マンハッタン計画（原爆開発計画）のことも、上院議長であり、もしもの時に大統領職を引き継ぐトルーマン副大統領に一言も言っていないんですから。

＊ＡＰＥＣ　アジア太平洋経済協力

＊仲晃『アメリカ大統領が死んだ日――一九四五年春、ローズベルト』岩波書店、二〇一〇

彼は一九四五年四月十二日、在職中に急死していますが、当時の敵国日本とドイツは喜びました。アメリカの戦争をここまで指導していたルーズヴェルトが死んだので、これでひょっとしたら勝つチャンスができるかもしれないと思った人もいたのです。ドイツでは、ベルリンのコンクリート地下壕に閉じこもっていたヒトラーが驚喜したと言われています。

軍隊で日本語資料の翻訳

小池　ともあれ、その政治の渦巻く戦争の渦中で、先生はアッツ、キスカの後、アメリカの上陸部隊とともにどこへ向かわれましたか。

キーン　私はアリューシャン列島から弾薬を積んだ船でハワイに向かいました。思えば、怖い話です。弾薬を積んでいるために、他の船から離れて航行していました。その代わりに毎晩映画を上演したり。とにかく、アリューシャンから直接にハワイを目指したのです。ようやく、ハワイに辿り着いてヤシの木を見ると、この地こそは地上の楽園だと思えました。アリューシャン列島には木の一本もなかったので。船がハワイに近づくと、かなり遠い所からでも、島の香りが漂って来ました。私は喜びのあまり、もう二度と絶対アリューシャンなどに行くものかと思ったものです。

小池　そして連れられてきた日本兵たちに決まりきった尋問をして、あとは生きて頑張りなさいという話もしたり、好きな音楽の話もしたり……。

キーン　そうでした。もともと、私が所属していた所の主な仕事は、日本軍が残した書類の翻訳です。そして、私自身の専門領域は手書きで書かれたものの解読でした。私は割と早く、行書や草書を読めるようになったので、日記や手紙を任されたのです。手書きを読めない同僚は、軍艦や飛行機に関する印刷物を扱っていました。こういうわけで私は文学的な文献にも移行できたのです。

小池　先生はいつか言っておられたけれども、アメリカ人は不平不満ばかり故郷に書き送っているけれども、日本人の兵隊にしろ、将校にしろ、日記や手紙では「しっかりやっています」とか「心配しないように」などと書いていた、と。

キーン　確かにそうでした。食べ物にしても日本兵の食事は大体は最低のものでしたが、一方でアメリカ兵は豚肉が再三続くことで文句を言う、そんな違いがありました。もし、週に三度豚肉があれば不平が湧きました。しかし、思う存分、食べられたのですよ。日本人はそのような文句は言いませんでした。これは軍人としての気持ちの持ち方の違いでしょう。アメリカ兵は、「この戦争が続いたら、十月には脱走する」とか手紙に書いていましたが、それが本気なのか冗談なのか、俄かには分からなかったです。

小池　先生が読まれた、主として日本兵の日記や、恐らく将校はいろいろな記録をつけているでしょうけれども、それらがどこの島だとか、どこの戦線だとかで集められたものかというのは、先生には記憶がございますか。

キーン　すぐ思い出すのはガダルカナル、「餓島」です。それが最初でした。ガダルカナルで回収されたものの翻訳をやりました。戦いも相当長く続きました。また、日本軍としては珍しく戦線を撤退させた地でもあります。何とか退散したものの、餓島という呼び名はまことに正しかったです。食べ物がないだけではなく、熱帯地の皮肉も一緒にありました。緑にあふれる地でありながら、その緑は食べられないのです。とにかく激烈な戦いが長く続きました。

小池　ガダルカナル作戦*では、飛行場を奪い合いましたよね。

キーン　そうでしたね。覚えています。

小池　先生が、将校としてアメリカ兵が故郷に出すそういう手紙を検閲していたのは、ハワイから出る手紙ですか。

キーン　そうでした。ハワイは全然、危険ではないのに。文句ばかりでした。

小池　それを読んでいても、ああ、日本人は立派だ、日本兵は立派だと。

*ガダルカナル作戦　一九四二年八月〜翌年二月。日本海軍が米と豪の連絡線を絶つためガダルカナル島に滑走路を造ったが、米軍は奇襲上陸により飛行場を奪取

キーン　そういう風にも思ったことがあります。一度は自分の本にも書いたことさえあります。日本軍は心底頑張っているから、戦争に勝つのは日本の筈だと思った、と。

小池　でも、もっとロジカルに考えると、日本が勝ったら大変だったのではないでしょうか、アメリカの将校としては。

キーン　もちろん、そうです。しかし、私は他の人が見られないドラマを見ているという気分でした。不平を言わない日本人は本当に偉いと思いながら。アメリカ人たちは「今日の映画は詰まらなかった」とか「タバコがまずい」とか、あるいは「早く帰りたい」といった話ばかりです。それらの手紙の中に、自分たちが参加する、この戦争の目的は日本の民主化であるとか、理想や期待を語る言葉には一度も接しませんでした。では、何のためだったかというと、アメリカ人としての単なる義務に過ぎず、何か崇高な想いを抱く人はほとんどいませんでした。

ハワイの日系人

小池　先生は戦争の時期をつうじてハワイの基地での仕事が多かったようですが、アメリカの本土で、ハワイ出身の人に対する偏見というのは、どのようなものでしょうか。

キーン　それは少ないと思います。昔のハワイの人口のうち、六割は日系人でした。今はアメリカ本土から多くの人が渡っていますから、人種構成はもっと複雑になりましたが、ハワイ人に対しての特別な偏見はあまりないと思います。また、生粋のハワイ人は大変、少なくなりました。いることはいますが。中には偏見を受ける人がいるかも知れません。

小池　大統領選挙のとき、「オバマはハワイに住んでいたこともある」なんていうのがネガティブキャンペーンとして利用されましたよ。

キーン　私はある選挙期間にハワイに居たことがありますが、立候補した人たちは、みんなハワイのミドルネームをつけていました。少しでもハワイの血を引いていることが有利に働くのです。

小池　要するに、ハワイで当選するには、ハワイ人ではないにしても、ハワイに根っこがなければだめなのだ、ということですね。

キーン　中でも日系人、ダニエル・イノウエ*が一番、有名です。戦争で右腕をなくした人です。ほかには中国系の議員もいます。いずれの人々も自分たちはハワイ人だという言い方をします。また、これは別の話ですが、ハワイの日系人はカリフォルニアの日系人を軽蔑する傾向がありました。

小池　何か、差別こそ蜜の味みたいなところが、我々の民族にあるのではないだろうかと思うと、嫌になりますね。

キーン　もちろん、カリフォルニアの二世もハワイの二世を軽蔑したり。

小池　北西部のシアトルも日系人が多いけれど、今は野球選手のイチロー

*ダニエル・イノウエ　一九二四―。日系初の連邦議会議員（一九五九）

がいるし、結構鼻高々なのですよ。

キーン　しかし、いい話もあります。オレゴン州のポートランドという町。あそこには他の町と大きく異なった点があります。それは、戦時中の日本人に対する待遇、つまり強制収容所などが存在した歴史を、一般のアメリカ人が大変、遺憾に感じているとして、当時の日系人に捧げた公園があることです。あそこではもう差別はないと言えるでしょう。オレゴン州ポートランドとは、シアトルとカリフォルニアの間に位置します。シアトルはカナダに隣接し、カリフォルニアはずっと南です。ポートランドでは、日本人がかなり大きな存在です。私もポートランドの町が大好きです。あそこにある日本庭園も実に見事で、アメリカ一でしょう。

レイテ島へ

小池　では、また話を戻しますけれども、先生はハワイでお過ごしになった夢のような生活——日本人の手紙などを読みつつ、日本の捕虜とも尋問というよりお話しして——というのが終わって、また前線の方に、つまり部隊とともに行動するようになったのですね。

キーン　一九四五年だったでしょう。沖縄戦に参加したのは。私が本格的な作戦に加わったのは二回で、アッツ島と沖縄です。その間はハワイで過ごしていました。ハワイでは活発な戦闘はなく、個人的にも随分退屈する時間がありました。しかし、ある日、私を含む通訳将校が集められて沖縄に向かう指令を受けました。これは大変な驚きでした。それまでは局地的な作戦ばかりで、いつまでも続く感じでした。多くの島が存在しますから。しかし、沖縄は日本の一部と思っていた。あそこなら日本だと。ほかの島とは事情が違います。初めて日本に行くと思い、奮い立ちました。まあ、毒蛇の島とも思われていたのですが。蛇を見たらどうしろとか、そんな注意もありました。沖縄はこんな所だという説明と共に。もっとも直接に沖縄に行ったのではなく、まず着いたのはフィリピンでした。厳密に言えば、レイテ島ですね。

小池 では、『レイテ戦記』という大著を遺された大岡昇平*さんと同じところにおられたわけですね。

キーン そして、捕虜の収容所に行かされました。あるいは大岡さんも同時期にいたかも知れませんね。もちろん、写真があるわけではないし、まったく分かりません。ただ、ハワイに比べると捕虜の数も多かったです。そして、捕虜の数名とも親しくなって戦後になって再会した人たちもいます。

それからしばらく後、はっきりした時期は特定できないのですが、沖縄に向かって……、少し記憶があやふやですが、やがては沖縄に上陸しました。

＊大岡昇平　一九〇九―一八八。四四年出征、四五年一月フィリピン戦線で米軍の捕虜となる。『俘虜記』『レイテ戦記』他

レイテでは既にアメリカ将校のクラブも存在し、なんだか戦争らしくない一面もありました。私はそんなものには興味がなくて、日本人捕虜の収容所に行きました。

小池　レイテ島の収容所ですね。

沖縄の人びと

キーン　そうでした。そこから出かけたのがフィリピンのサマール島だったでしょうか。それから他の部隊と一団となって船で沖縄に上陸しました。そこには、日本の軍人はすでに見当たらず、いたのは一般の人々、つまり民間人でした。はっきり覚えているのは、そこに居た女の人とその幼児に、私が日本語で指示を出したことです。「危ないですから、あのあたりまで行ってください」と。しかし、彼女は私の日本語が分からなかったか、あるいは恐怖に駆られて、話に耳を傾ける余裕がなかったのか、私の言葉は伝わりませんでした。そこで、私は仕方なく、赤ん坊を抱いて走ったのですが、そうすると彼女も一緒について来ました。

小池　周りに、アメリカの兵隊はいたわけですよね。

キーン　ええ、もちろん。

小池　その行為を見て、アメリカ兵の他の、戦闘部隊は何も言わなかったのですか。

キーン　いや、誰もが自分のことで精一杯ですから。

小池　一人の将校が赤ちゃんを抱いて走っていて、それをとられちゃうかと思ってお母さんが、キーン先生の後ろをくっついていくのですね。

キーン　そうです。しばらくすると二人の日本人が捕虜となっていました。それはまったく偶然でしたが、陸軍少尉、海軍少尉でした。

小池　珍しいですね、日本軍の組み合わせとしては。それに先生は海軍でいらっしゃったのに。

キーン 珍しいといえば、珍しかったですね。二人はまったく正反対の性格で、陸軍の人は陽気に笑う人でした。色んな冗談も口にして。海軍の人はしかめっ面で。

小池 それも、スマートな海軍、カタブツの陸軍という、普通の日本の陸軍、海軍の印象と、少し違いますね。

キーン 後に海軍の人とも喋りましたが、学徒兵でした。私も戦争前は学生で、お互い同じような立場でした。二人きりで喋りたいというので、席を設けると「自分が生きていることに意味があるか。死んだ方が良くないか」という複雑な話になりました。私はそういう時には決まった答えを用意していました。曰く、「日本の再建、新たな日本のためには是非あなたも必要とされている」と。そう言うと、大抵の人はそんなものか、という風な反応でした。

小池 先生は生まれついての教師ですよ。既に、捕虜尋問のときから。

キーン　その後、彼の消息は不明でしたが、しかし、数年前にＮＨＫで、沖縄戦についての番組が制作された際に家族と会う機会がありました。

小池　知っています。ＮＨＫ沖縄支局の天川さんが制作したものですね。

キーン　そうです。天川さんは実に素晴らしいディレクターです。彼女は元海軍少尉の消息を追い、結果として私は彼の奥さんに会えました。本人は病院におられて会えない状態で。ただ、奥さんと話をするうちに、彼は戦争体験をまったく語っていないと分かりました。高校の先生になられたそうですが。

小池　ドナルド・キーン先生のことは、全然奥さんにも……？

キーン　私の本を一冊持っておられました。

小池　では知っていた、覚えていたのですよ。

キーン　はい。はるか昔に書いた自伝的な『日本との出会い』[*]でした。

小池　先生が沖縄を歩いていく中で、どのようなことを経験されたか、印象に残っておられるか、具体的に伺いたいと思います。

＊Ｄ・キーン『日本との出会い』篠田一士訳、中央公論社、一九七二

キーン　沖縄のお墓は大変、大きかったと記憶していますが、墓地に人が隠れていたり、あるいは洞窟の中にも人が潜んでいました。そういう民間の人は真に気の毒でしたね。アッツ島は実に嫌な所でしたが、少なくとも民間の人がいなかったことでは救われました。しかし、今度はもう本当に人が住む所での本格的な戦争でしたから。そして、アメリカ軍は洞窟の中に隠れている人々に、出て来いと呼びかけるのですが、誰も顔を出しません。そこで実に非人道的な方法が使われました。洞窟の入り口で火を焚くのです。

小池　火炎放射器も使われましたね。

キーン　すると洞窟に煙が入るでしょう。そうすると人がやっと出て来ました。しかし、老人ばかりで、あまりに気の毒で見ておられず、私はそれを止めさせました。そんな行為を見たのは一回だけでしたが。私は次に洞窟の中を確認するべきだと考えたのですが、誰も入らない。そこで私自身が入ったのですが、しかし、なんとそこにはまだ軍人がいたのです。しかも鉄砲を構えて。

どうして私を撃たなかったのか不思議です。

小池　先生は、軍服を着ていたのですよね。

キーン　ええ、もちろん。

小池　でも、すぐには撃たなかったのですか。

キーン　なぜか発砲されませんでした。私はもちろん飛んで逃げたのですが。大体、こちらは丸腰で武器も持っていなかったし。

小池　でも、将校だから拳銃は持っていたでしょう。

キーン　立場上、拳銃を持たされたことはありましたが、その時は何の武器も持っていませんでした。普段も携帯していなかったし。私は心から武器を嫌悪していましたし、今でもそうです。とにかく、一度も発砲したことがありません。

小池　それは、嫌いだったというのはよくわかるのですけれども、一度も撃ったことがないのですか。

キーン　絶対にありません。

小池　ほかの兵隊たちは、例えば海軍、陸軍の兵隊たちはもう始終撃って、自分の身を守らなければいけない、と。

キーン　幸い、私は最前線など、本当に危機が迫る場所に身を置くことが極めて少なかったからです。もし、第一線にいたとするなら、あるいは使ったかも知れませんが、最後までそんな必要はありませんでした。自分の身を自分で守る、そんな切羽詰まった状況を経験することもなく。ただ一度の例外が、先ほど述べた洞窟での経験です。むろん、私は最前線に行くことはありましたが、その目的は攻撃ではなく、投降を呼びかける放送でした。

沖縄の話ですが、ある高地の一角から海が見えたのです。そこからはアメリカの艦隊が集結している様が見えました。あらゆる軍艦が群れをなして。大本営の発表による放送では、アメリカ艦隊撃沈さるというデマを日常的に流していましたが、私たちは「これを見て目を覚ませ」という内容の放送をしたわけです。もちろん、私の放送で日本軍が投降を開始したわけではありません。しかし、私たちが放送を続けたら、日本側も自ずと現状に疑念を抱き始めて、やがては事態を把握する筈だ、と。

小池　伊藤整も書いていますね、台湾沖の海戦で非常にたくさん敵艦が沈んだのだから、日本は勝つかもしれない、とか。そんなことはなかったのに、間違った情報がいっぱい流れていましたからね。

キーン　そうです。当時既に日本国民にとっては、戦意を鼓舞する報道が必要な段階に差し迫っていたのでしょう。

沖縄と日本、アメリカ

小池　その当時、アメリカではどれぐらい、沖縄についての知識、情報があったのでしょうか。あるいは、戦況についてはどういうところから情報があったのでしょうか。先生ご自身はどうでしょうか。

キーン　私自身がその時、沖縄に居ましたので、アメリカで一般大衆が読む普通の新聞はありませんでした。あるのは軍の新聞。沖縄についてはやはり大きく報道されていました。

当時は知りませんでしたが、歴史以来、軍艦の参加数がもっとも多く、海戦としては最大の規模だったそうですね。そして、何よりも神風特攻隊に関する報道が、大きく取り上げられていました。以前の戦闘や状況に比較しても、何倍も大きな報道だったと思います。とは言え、当時の私は、他のアメリカ兵よりは若干知っていたという程度です。日本の一部と考えて興味を持っていましたから。もともと独自の王国であったのに、日本に合併されたとか、その程度の知識はありましたが、それ以上の深い知識があったわけではありません。

そして、もちろん沖縄生まれの人が捕虜になることもあり、彼等から自分たちは日本の兵士から虐待されている、とよく聞かされました。私は、ひょっとすると沖縄の人たちは、実は日本よりアメリカの方が好きではないかと想像しましたが、戦中、戦後の時期に限っていえば、それは事実でした。つまり、沖縄の人々に対して、日本軍が与えた待遇よりも、アメリカ軍が与えた待遇の方が格段に良かったからです。物質的にも人道的にも。

ある時、NHKの番組の中で、色々な沖縄人の戦時の回想が語られた時、あるお婆さんは、「アメリカの軍人は天人のようでした」と言ったものですから、アナウンサーはびっくりして、「天人のようですか」と鸚鵡《おうむ》返しに応えました。まったく予想外の返答だったからです。とにかく、戦時中、軍は沖縄の人々に対して、大変冷たかったのです。要するに、日本人、そして日本軍は沖縄人を、自分たちと同じ民族とは認めていなかったのです。それともう一つ。ハワイでは現在でも日系人は二つに分かれています。内地出身者と沖縄からの人々と。施設なども別々で。両者の間で結婚があったりすると大変驚かれます。沖縄の人は豚肉を食べるから、と言ったり。今でもあるほどですから、当時はおそらくもっと強かったでしょう。

小池　沖縄差別の問題は大きく、今でもあります。在日米軍の基地の七〇%は沖縄に置かれ、嘉手納《かでな》の飛行場に行くとよくわかるのですけれども、こんなところに一日住んだら頭が痛くなるというぐらいの騒音と、それからヘリコプターも下りてくれば、戦闘機も下りてくるという、世界一危険な飛行場になっています。死者は出ませんでしたが、沖縄国際大学にヘリコプターが墜落したのです。そういう意味では、我々は安全保障の上で、日米体制の中で、沖縄県民に非常な負担を強いているのですよ。

『ペリー提督日本遠征日記』*という本があるのです。その中で、浦賀の沖に来たペリーは沖縄に立ち寄って、ここは戦略的に非常に重要な島になるということを言った。沖縄の文化だとか沖縄人に対するインタビューとかを、結構しているのですね。だから意外と早い段階で、アメリカ海軍自身も、沖縄の戦略的な地位は非常に高いものだと思っていたのでしょうね。

＊マシュー・C・ペリー『ペリー提督日本遠征日記』木原悦子訳、小学館、一九九六

＊神風特攻　太平洋戦争末期、爆薬をつんだ航空機、潜航艇による体当たり攻撃を行うために特別に編成された部隊。連合軍の前に対抗手段を失った日本では、一九四四年夏頃から必死必中の気運が高まり、人間爆弾「桜花」、特攻専用機「剣」、人間魚雷「回天」、ベニ

キーン　はい。私は戦時中、ハワイには二年間ほど居ました。まったく偶然ですが、一番親しくなった人々はみんな沖縄の出身でした。彼等から戦争や戦略に関する話を聞いたことは一度もありません。皆さん、極めて親切な人ばかりで。

　こんなこともありました。晩ご飯に呼ばれて、つい長居をして、気がつけば、外出禁止時間になっていました。夜十時以降はそう決められていたのです。すると、「ああ、なんてことはない」という調子で、寝ていた子供を動かして、「ここへ寝てください」と。

神風特攻機を見た

小池　沖縄戦より前ですけれども、レイテ島の戦いのとき、初めて日本軍は、大西中将のもとで神風特攻隊*を組織するのです。その話を初めて先生が聞いた

ヤ板製モーターボート「震洋」など様々な特攻兵器が開発された。四四年十月に米軍のフィリピン上陸作戦が始まると、第一航空艦隊司令長官の大西瀧治郎のもと、レイテ湾海戦で神風特別攻撃隊が初めて編成され、二五〇kg爆弾をつんだ航空機はパイロットもろとも体当たりし米艦艇に大きな被害を与えた。以後、沖縄戦を初め特攻は日本の主な戦法となり、終戦までに航空機の突入・未帰還機数は約二五〇〇機、回天の発進数は五〇基に上った。しかし、米軍のレーダー網の整備や対抗手段の向上により、後の戦果は著しく低下した（小池）

のはいつのことでしたか。また先生は沖縄戦では、神風特攻機が突っ込んでくるところはごらんになったのですか。

キーン はい、見ました。神風特攻隊の飛行機が船に当たり、わずかな火災を起こしたものの、すぐに消火された、そんな記憶の断片があります。ただ、最初に特攻隊の一機を頭上に認める瞬間は、まず極めて小さくしか見えないのです。高度もかなり高くて。その小さな点がどんどん大きく近寄る感じですね。私が乗っていたのは運送船で、軍艦ではありませんでした。でも、運送船の中では一番大きかったので、神風特攻隊は自分の運送船を狙っている筈だと考えていました。とにかく、遠くから迫り来る光の一点を見つめても、何も出来ず、船の上では逃げるに逃げられない。しかし、私は運が良かった。隣にも船があり、やはり運送船だったのですが、その船の管制塔は私の乗っていた船よりも高かったのです。神風の一機はやがて隣の船の最上部に激突しました。それから二隻の船の間の海に入ったのです。

小池　運がなかったですね。先生は運がよかったけれど……。

キーン　そして、飛行士も助けられました。海上で救助されたのです。私はその救助の場面は見ませんでした。しかし、後にそう聞かされて。

小池　突っ込んでくる行為そのものを見られたときは、恐怖というのはまずありますよね。自分の船ではなかったとしても。

キーン　凍りつく感じです。

小池　どうしてあんなことをやるのだという、それはなかったのですか。

キーン　分かりませんね。何も出来ない無力感があったのではないでしょうか。

小池　レイテ島の戦いで日本軍が初めて神風特攻隊を組織したのは、関大尉[*]をトップとする五名ですが、それは日本の新聞を見るとものすごい報道ぶりです。同じように、アメリカ軍の新聞でも大きく報道していたのですね。その後のアメリカ軍の動きは、先生から見られていかがでしたか。レイテ島の海戦

＊関行男　一九二一―四四。海軍軍人。十月、「神風特別攻撃隊」の隊長に任命される。二五日、零戦に爆弾を抱いて米空母カリニン・ベイに体当たりし戦死。「特攻第一号」「軍神」となる

で米軍の護衛空母（小型航空母艦、主として輸送船団の護衛などの任務にあたる）が一隻沈んでいますね。

キーン　当時の海軍大将ハルゼー*は日本軍の動きを理解できず、結果的には主力母艦の配置を誤るという大きな間違いを犯しました。南と北を間違えたとか。

小池　ええ、つまり小沢艦隊を追って行ってしまった、アメリカの提督ですね。そのおとり作戦を率いた、実は戦力なき航空母艦隊、小沢*艦隊は反対側にいたのですね。

キーン　はい、とにかく実際の作戦に参加した通訳の連中から、その話を聞きました。ハワイに戻った後に。やがて新聞記事にもなって。それまでハルゼーは人気もあったのに、その後は昇格も出来ず、相手にされなくなりました。大変な誤りを犯したと。

小池　日本の神風特攻隊について、どうしてこんな自爆攻撃をするのだろ

*ハルゼー　一八八二―一九五九。米海軍大将

*小沢治三郎　一八八六―一九六六。海軍軍人。四一年南遣艦隊司令長官、四二年第三艦隊司令長官、ミッドウェー海戦で失われた航空戦力再建。四四年マリアナ海戦、フィリピン沖海戦を指揮

うという疑問はありませんでしたか、いかがでしょうか。

キーン　もちろん、神風特攻隊には驚愕しました。アメリカ人のある者は、日本人は天皇陛下のためなら喜んで戦死すると得意げに話したり、日本人は我々とは根本的に異なり、命を惜しいとは思わない連中だとか、そんな解釈をする者もいました。

捕虜収容所所長オーティス・ケーリさん

小池　先生は、数多くの日本人にその時点でお会いになっていたのですけれども、日本人は命を惜しむことなく戦う、というふうに思われましたか。そういう軍人が多いと、感じておられましたか。

キーン　私には一つ良く分からないことがありました。それは天皇に対する日本人の本当の気持ちです。つまり、天皇のためなら喜んで死ぬとか。あれが本当かどうか、私には分かりませんでした。捕虜の一部は確かにそれらしい話もしましたし、あるいは本当にそうだったかも知れません。ただ、日本人の多く、あるいは全員がそう思っている筈はないとも分かっていました。天皇のために死ぬのが本当にありがたいか、と。私が接した捕虜の多くは、そんなに激烈な感情があるとは見えなかった。時間が経つほどに、私と捕虜との間には非常に親しい関係も出来て、一緒に音楽を聴いたことさえありました。

小池　先生が尋問をした捕虜で、大佐、中佐、少佐クラスだと思いますけれども、学徒兵は多かったですか。

キーン　多くはなかった筈です。

小池　職業軍人はどうでしょうか。

キーン　職業軍人も少なかったと思います。一人、大変仲が良くなったのは、一橋大学の卒業生でした。しかし、数年前に卒業していたので、いわゆる学徒兵という風情は無く、すでに会社勤めをしていた人でした。また、名古屋の区役所で働いていたという軍人もいました。

小池　兵学校とか、士官学校出は。

キーン　普段、将校クラスを尋問することはあまりなく、普通の上等兵、伍長たちを相手にした記憶があります。実は捕虜収容所の所長はぼくの友人でした。後に同志社大学に籍を置いたオーティス・ケーリさんです。彼がまず捕虜と面接し、どの将校に回すべきかを選ぶのですが、私が接見する日本兵捕虜はいずれも頭の良い人々、いわゆるインテリが多かったのです。だから共通の趣味や話題を語り合う、楽しいひとときもありました。私にとって面白いだけではなく、彼等の方もきっと軍隊に入ってから、初めて自分の好きな音楽の話が出来たとか、そんな調子で。

小池　では、先生のところに、バリバリの、こんな捕虜収容所のようなところにいるのは自分の恥だと思うような、兵学校出とか士官学校出の……。

キーン　いや、そういう人々は一人もいませんでした。

小池　オーティス・ケーリさんが、先生の人柄や、どういう日本人捕虜と話したいかということをよく分かっておられたのでしょうね。

キーン　そんな人がいた場合は隔離したと思います。逆に積極的にアメリカ軍に協力する捕虜もいました。そういう人々はビラを書いたりしました。飛行機から撒くビラの作成の協力ですね。もちろん、アメリカ軍の一部になったわけではありません。新聞記者をやっていた人も数人いて、彼等は文章力もあるので、そういう分野で協力を求めたのでしょう。協力した人々の数は二十人ぐらいでしょうか。しかし、アメリカ軍に協力したからと言って、食事が良くなるとか特別な待遇は一切ありませんでした。だから、協力しない人は全然しない。それはまったく自由でした。

もし本土決戦になったら……

小池　その間に、ペリリュー島やテニアンなどの島で、日本軍の非常に強い抵抗がありました。どれほどの日本人が死んでいったか……。それから硫黄島の戦いもありましたね。これはアメリカの兵隊の死傷者数が日本軍を上回って、六千何百人も死傷しているのですね。けがをしたり、死んだり……。そういうニュースは、ハワイの先生のところにも届いてくるわけでしょうが、そういうニュースを聞かれて、この戦いがだんだん日本本土に近づき、このまま本土に行ったらどうなるのだろう――という気になりませんでしたか。

キーン　それは誰もが考えていました。沖縄戦が終わったら、次は陸海軍それぞれに日本のどこに上陸するかと。私たちには何も知らされず、噂が飛び交うだけで。でも、沖縄や遠く離れたペリリューでさえ、あれ程激しい戦争があって、それがいよいよ本土となれば、どれ程激烈な戦いになろうかと。女や子供も武器を持つのではと想像しました。

小池　サイパン＊では、バンザイクリフの悲惨な自決もありましたね。

キーン　あれは最悪でした。日本軍はそれに関しては大きな罪があります。つまり、日本軍はデマを流していたのですから。アメリカ軍の捕虜になったら虐待される、女性は性的な陵辱を受ける、子供は殺される、とか。すべてはウソでした。何の根拠もない話ばかり。おかげで、女たちは子供を抱いて崖の上から身を投げて。沖縄でもまったく同じデマが流されていました。

小池　そういう宣伝文なんかを見ましたか。

キーン　見ました、見ました。敵には一滴の水も与えるな、とか。

小池　先生が見聞きしたり、知る範囲では、日本の民間人に対するアメリカ兵の、太平洋戦線の中での虐待行為といったものは、全然なかったということでしょうか。

＊サイパン島　西太平洋の北マリアナ諸島にある。一九二四年以降日本の南洋委任統治領となり、サトウキビの栽培や製糖が行われた。第二次大戦末期には日本防衛の最後の拠点となったため米軍の攻撃をうけ、日本軍はほぼ全滅した。戦闘開始段階での在留邦人は推計約二万人。多くの在留邦人が米軍に捕われる事を良しとせず、また日本軍側も民間人に対する配慮が行き届かなかったため、岬に追い詰められた民間人がバンザイクリフやスーサイドクリフから海に飛

キーン　はい、私のいたところには捕虜への虐待は一切ありませんでした。食糧を削るとか肉体的暴力を加えるとか。一度も見たこともないし、それらしい話も聞きませんでした。

ある日系人大尉の屈折

キーン　我々の側で問題のあった人物は、他でもない通訳の一人で、それが何と日系アメリカ人の大尉でした。私たちは少尉でしたが。彼は少なくとも日本の血が半分流れていた人で、顔も日本人そのままでした。ただし、苗字は英国系の名前でした。

小池　複雑なインフェリオリティ・コンプレックス（劣等感）があったのですね。

キーン　捕虜に対して、彼だけは例外的に極めて冷たくあたった男です。

び込み自決した。多い時には一日七〇人以上の民間人が自決したといわれる。米軍は島内の民間人を保護する旨の放送を繰り返したが、当時の多数の日本人が信じていた「残虐非道の鬼畜米英」や帰国船撃沈事件の恐怖イメージの為効果がなかった（小池）

捕虜を殴るところまでは行きませんでしたが、常に荒っぽい言葉を使う男で、我々全員が彼を嫌っていました。私もその男が大嫌いで。やがて戦争が終わると、みんなは当然日本に行きたいと思いました。過去四年間、日本のことばかりを考えていましたから。ところが、彼は私に対する嫌がらせとして、日本ではなく、中国へ送ったのです。それが中国の青島《チンタオ》でした。

小池　それで青島に行かれたのですね。

キーン　実際に行ってみると、必ずしも悪くなく、実は良い所でしたが。しかし、その上官は本当に嫌な男でした。私は彼の詰まらない話には一度も同意しませんでしたから。

小池　よく軍隊でそれができましたね。

キーン　青島で過ごした四ヶ月は予想していた以上に面白かったのですが、戦時中、中国人に対して日本軍が手を染めた犯罪を調べる任務は極めて不愉快でした。

小池　その人は戦争が終わった後どうしたのでしょうね。

キーン　よく分かりません。戦後しばらくの頃、元軍人が作る雑誌が数年間に亘って出版されていて、彼はそこで執筆もしていたと思いますが、すでに亡くなった筈です。

小池　その人の人生の中では、一番威張ることができた時代だったのでしょうね。海軍大尉だし。

キーン　そうでしたね。日本語も全く日本人と変わらなかったし。ただ、話し方が日本人と同じとは言っても、どれ程、日本のことを知っていたかは別問題です。日本とアメリカの双方で半分半分に育った人だったでしょう。

小池　でも、先生はそのときに、自分の日本語能力はこれほどまでに急激に上がるのかというふうに、何か日本との縁《えにし》を感じませんでしたか。

キーン　縁となると分かりませんが、おそらくあったのでしょう。もちろん、捕虜の言葉が分からない、とかはしょっちゅうで、これで本当に日本語を習得出来るのかと悩んだこともあります。読む方はともかく、私は日本人が小説を書くように、日本語を書くことは無理だとは悟りました。

小池　でも、字のことで言っても、草書体なんて、我々のような若い世代の日本人は――というか、もう年寄りでも、習いもしなければ読めもしない戦後を生きてきたんですよ。でも先生は、それを読めたわけですよね。

キーン　まあ、何とか読めました。私は日本語が本当に好きだったので。それに尽きますね。

小池　イラクに行ったアメリカ兵が、こんな字を読めるかとアラビア文字のことを呪って言っているのですけれども、それと反対に先生は好きだったわけですね。

キーン　ええ、好きでした。

小池　美しさを感じたわけですか。

キーン　はい、特に字画の多い字が大好きでした。

『源氏物語』との出会い

小池　先生がアーサー・ウェイリー*訳の『源氏物語』に出会ったのは、ハワイにおられたときでしょうか。

キーン　いや、その時ではありません。私がアーサー・ウェイリーの英訳を見つけたのは、まだ戦前だった一九四〇年です。太平洋戦争勃発の前年ですが、まったく偶然に本屋で見つけたのです。ニューヨークのど真ん中にある店で、売れ残った新本を安く捌くような所です。だから値段も非常に安くて。最初は『源氏物語』の存在すら知らず、もちろん日本文学についても、まったく無知でした。外国の文学はある程度知っているとの自負がありましたが、実際は自分の知識には大きな穴があったのです。とにかく『源氏物語』については、何の知識もなく、それを買った直接の動機はもちろん好奇心ですが、とても分

＊アーサー・ウェイリー　一八八九―一九六六。英の東洋学者。日本語、中国語を独習、『中国詩百七十篇』を始め漢詩の翻訳、さらに『源氏物語』『枕草子』の翻訳により日本古典文学を世界に紹介。翻訳には他に『西遊記』、評論に『李白の詩と生涯』、『中国人の眼から見たアヘン戦争』他

厚い本なのに、安かったというのも正直なところです。ところが、読み始めた途端、私の世界は一変しました。その美しい世界に驚かされたのです。何と素晴らしい本かと。

この年、一九四〇年は世界にとっての大きな厄年でした。ナチス・ドイツがノルウェー、デンマーク、オランダ、ベルギー、フランスを占領し、秋からはロンドンの空爆が始まった頃です。とにかく、私はすっかり新聞を見るのが恐ろしくなって。書かれた記事はすべて酷いものばかり。私はそんなわけで『源氏物語』に逃避したのです。やっと救いを見いだした、そんな感じでした。殺戮や破壊はまったくなく、人が人らしく生活する、そんな世界が描かれているのですから。『源氏物語』に登場する人々が何のために生きているかといえば、美のためでした。そして、それは何と魅力的に映ったことか。私の世界、私が属していた所では誰一人、美のために生きてはいませんでした。

小池　世界で最も古い小説と言われる、美しい、耽美主義とも言えるような小説をつくった民族と、手榴弾を抱いたアッツ島での日本人とは同じ民族なのですが、先生はそのとき、ギャップだとかショックだとか、こんなにも違うものなのかというのがありませんでしたか。もちろん、小説を書いた人は女性で、自決したのは男の兵士ですけれども、そういうものを感じられませんでしたか。

キーン それは以前から感じていました、当然。私はまだ日本文学を知らなかったけど、浮世絵なら見たことがありました。そして、日本は大変、美しい国との印象を漠然と抱いていました。幼い頃に持っていた子供向けの百科事典には、三巻の別冊がついていました。なぜ、その三国が選ばれたかは不明ですが、フランス、オランダ、日本です。私は三冊のいずれも非常に好きでした。おかげで、日本には太鼓橋があり、柳や桜の景色もあると知り、日本は美の国という印象を強く抱くようになりました。しかし、同時に日本軍が中国に侵略し、そこでの行為を知ると中国人に同情を感じました。だから二つの矛盾する気持ちがあったと言えますが、それは私だけではなく、多くの人に共通した思いだったでしょう。日本から来る数々の美しい物も知られていたし、私の回りで言えば、アメリカにあった子供のオモチャは大体は日本製でしたし。

小池　ああ、そのころから、日本製品がアメリカにあったのですか。

キーン　はい。子供の頃から、Made in Japanという文字はよく目にしました。それは矛盾といえば矛盾ですが、しかし、すべての国に同じことが当てはまるとも解釈できます。ドイツもベートーヴェンやシューベルトという音楽家を生んだ国でありながら、ナチスの台頭を許した場所でもあります。ロシアでも同じ矛盾はあったでしょう。この点ではアメリカ人は公平な目を持って、冷静に自らを顧みることが出来なかったのです。アメリカ人にも二つの面があると思った人は極めて少なかった筈です。他の国の人を見て、それに気がついても、自国の欠点はなかなか意識しませんからね。

これからの日本

小池　先生は長く、戦争の時期も含めて日本とかかわられています。日本人が持つある一種の付和雷同性であったり、残虐性であったり、また今は絆がなくなっていって、一人で死んでしまう老人がすごい数に上っている。そういう日本と、先生が過ごした戦後の京都のような――寄寓された奥村家のような、美しく、そして人々が優しく気を遣ってくれる日本がありますね。今住んでおられる駒込の霜降銀座に行っても、みんながあいさつしてくれる――そういうように、戦時の残虐性と平和という二面性もあれば、人間の中での平和時における二面性もある。日本人もまたいつか、非常に残虐な、好戦的な民族になってしまう、というようなお気持ちは、今はお持ちですか。

キーン　私はもう民族という言葉や観念を嫌うようになりました。いい人もいれば悪い人もいる、それだけでしょう。結局、完全な人間はいないこと、それに日本民族に限らず、他の国民でも、もはや国単位の一般論は出来ないと考えるようになりました。

小池　なるほど。

キーン　私はもちろん、日本民族、つまり日本の人たちは素晴らしいと思っています。むろん、最近のように親や子供で殺しあう、そんな話は論外ですが、ただ、日本の社会の変化はＧＨＱによるアメリカ風教育の結果とは思いません。要するに人間は大変、複雑な存在ですから、色々なことの積み重ねで、どのような発展、または爆発に至るか分からないと言うべきではないでしょうか。私は政治については本当に分かりません。

もちろん、私は日本の行く末については心配しています。日本は今後どうなるかと。最近の出来事でも、中国での反日デモなどを見ると暗澹たる気分になります。日本人は確かに中国人を虐待しましたが、戦争が終わったのは、すでに六五年前で、まだそれを忘れないのかと。現在の日本人が中国人を苦しめているわけではありません。そして、中国での騒ぎをＴＶで見ると、私には理解できない、そう思いながら、これから脅威的な時代が訪れないことだけを祈っています。ただ、私はいつも文学の世界に逃避しているのですが。

小池　先生がいつもおっしゃるように、逃亡の人生ですね。

キーン　まさにその通りです。新聞を読めば心配の種は尽きませんが、八十八歳ともなれば、もう心配しながらの生活は十分です。

小池　先生は外国人として初めて日本の文化勲章を受けられた。あれは近衛文麿がつくったのですね。戦争のとき、彼は意外と文化的なことをしたいと言って、飾り立てた勲章ではないものをつくった。そういう意味から、日本の未来を憂慮するということも、先生の今のお言葉からは感じられるのですけれども。

キーン　はい、本当です。私はもう日本に永住する気でいます。

小池　これは初めて聞きました。

キーン　この数年、考えていました。そして、コロンビア大学の授業は二〇一一年を最後に、その後は日本に完全に移り、ここで骨を埋めたいと思っています。

小池　これは、日本の新聞にもマスコミにも出ていない、とても大きなことですね。

（二〇一〇年十一月十七日収録）

Ⅲ 戦争を超えて

沖縄にて(キーン氏と日系二世の部下たち)

日本語との縁

小池　先生は日米戦において優秀な語学将校だったと聞いています。また、それよりお若い頃にも優秀なので飛び級をなさっていたと聞いていますが、コロンビア大学に入ったときは十六歳でしょうか。周りが十八、十九、二十みたいな学生たちがいる中で、とても若いし、飛び抜けて突出した秀才だったのでしょうね。自伝の中では、大学では西洋のさまざまな古典を読まれ、勉強されたとありました。

キーン　私がコロンビア大学に入学したのは一九三八年で、飛び級を経験したのは、二年です。私は小学校以来、常に一番小柄だった上に、二カ年分の飛び級を経験したので、いつも大人の中に一人子供の自分が迷い込んだような違和感がありました。みんなの身体は私よりずっと成長しているし、年齢的にも自分は若いわけですから、当然、級友たちから一人浮いた疎外感があったのです。しかし、実際にいじめられたことは一度もありません。肉体的に不利があったり、何らかの弱点があれば、人によってはスポーツや他の何かに集中して人気者となることもあるでしょう。私にはそれは無理でしたが、大学では学内の新聞に記事を書いていました。そう言えば高校時代、芝居を書いて自分を主役に据えたりしましたね。

小池　それは、ニューヨークのブルックリンの高等学校でのことですね。自分で脚本を書いて、自分をとてもいい役、主役にされたと。

キーン　はい。

小池　では、アメリカで脚本家で生きるとか、そんなことは全然考えられなかったのですか。

キーン　まったく考えていませんでした。ただ、後に小説家、思想家として名を成したライオネル・トリリング*が、当時、英文学の教授としてコロンビ

＊ライオネル・トリリ

ア大学に在籍していたので、会いに行ったことはあります。私は自分の本『昨日の戦地から』（中央公論社）に掲載された元の手紙を持参し、批評を求めると、「君はものを書く人だ」という感想を頂きました。

小池　その通りになったわけですね。ところで、先生が一番うれしいときは、能の「松風*」を読みながら、その後「松風」のことに思いを馳せるときが一番幸せだ――とおっしゃっていましたね。「松風」を読んだときに一番幸せだと感じるような日本人は、今のこの時代、もうだれもいなくなってしまうかもしれませんよ。

キーン　そうですか。

小池　それほど、日本人でありながら日本の古典文学を楽しめる人は少なくなってきているのです。先生は「松風」を読むときの幸せというのをよくおっしゃるし、大学院の講義でも使われるでしょう。そして「よくできる子がいて、よく理解してくれると、非常にうれしいです」とおっしゃっていましたね。

ング　一九〇五―七五。コロンビア大学で四八年から英文学、比較文学の教授。著書『マシュー・アーノルド』『E・M・フォースター』『自由主義的想像力』、思想小説『旅路のなかばに』他

*「松風」　三番目物。鬘物。古作の《汐耀》を原拠にした観阿弥作の能に、世阿弥が改作の手を加えたもの。汐汲女松風・村雨の姉妹が在原行平に愛されたことを脚色する。シテは海人・松風の霊。旅の僧（ワキ）が須磨の浦を訪れる場面より始まる

ところで、先生はどうして、陸軍も同じような日本語を解する語学将校を募集したのでしょうに、海軍にしたのですか。

キーン　最初に知ったのが、海軍の日本語学校であっただけに過ぎません。海軍に興味などまったくありませんでした。先にも申しましたが、私は反戦主義者ですので海軍も陸軍も両方とも嫌っていました。しかし、戦争が迫る動きの中では徴兵や何らかの形で、戦地に出向かざるを得ないと考えたのです。そんな頃、海軍が日本語学校を運営していると聞いて、調べて見るとワシントンに行けと言われました。そこで海軍の将校に面接を受けた結果、入学に至ったのです。試験はありませんでした。私は大学での成績は非常に良くて、ほぼすべての科目でAでした。したがって、特に問題はありませんでした。大学の授業の中心はもちろん文学ですが、他には文化史も学び、関連する講義も聞きました。

沖縄に上陸した日

小池　そのような反戦主義者として、沖縄に行くときのお気持ちを、先生は、例えばアッツとかキスカとか、ガダルカナルだとかとは違う思いがしたとおっしゃっていました。それはなぜでしょうか。

キーン　ほかの島に住んでいる人々とは、南洋の人ですから、要するに日本人ではありません。パラオには日本人はいましたが、私は行かなかったし、アッツにも人はいなかった。サイパンにはどの程度、日本の人がいたでしょう？一時的に日本人が居ましたね。ただ、昔から居住していたとは考えませんでした。私自身はサイパンの港までは行きましたが、上陸はしませんでした。しかし、沖縄は昔から日本の領土と考えていましたし、王国であった歴史や固有の文化を顧みて、とにかく人々が独自の文化を築く土地と認識していました。ですから、私は沖縄で初めて日本の土を踏んだと感じたわけです。

小池　なるほど。いま自分たちは日本人が昔から住んでいるところをまさに攻撃しているのだ——という意識について言えば、先生の周りにいたほかのアメリカの海軍や海兵隊員、陸軍の兵隊にもあったのかもしれませんね。沖縄戦では、兵士のみならず多くの現地の民間人が犠牲になりましたが……。

キーン　最初の日、つまり上陸の日から老人や子供などに接しました。先にも言いましたが、ある女は子供を抱いたまま、右往左往していました。私が危ない、と言ってもまったく通じなくて。ただ単に日本語が分からなかっただけかも知れません。当時、女の人はあまり学校に行っていなかったので。

小池　方言だったのですね。

キーン　そして結局、私は通訳に頼らざるを得ませんでした。通訳と言っても九歳かそこらの子供です。しかし、少なくとも教育を受けていたようで、日本語を一定の沖縄の言葉に直してくれました。私がそれまで経験した最前線はアッツ島でしたが、すでに軍隊の残骸しかなく、女、子供などの民間人とも無縁だったのに、今度は完全に違う状況でした。多くの民間人、つまり戦争がどんなものか分からない一般の人ばかりで、逃げることさえ想像出来ない人々が折り重なっていたからです。

小池 アメリカ軍が沖縄に上陸し、そして駐留している牛島満*中将や、抵抗する沖縄の日本軍を攻撃していく。その時に、キーン先生は最終的に、この戦争は日本の本土まで行くのだなとお感じになられたでしょう。沖縄に上陸した時点で、九州上陸、あるいは千葉県の方に上陸するというようなところまで長く続くのだ、そして多くの民間人がまた犠牲になるのだ——という気がされていましたか。

キーン それはそうですが、それ以前の時点、つまり通訳や語学将校が集められ、いよいよ次は沖縄に行くと告げられた時すでに、そういう心理状態になっていたと思います。ハワイでした。ニミッツ大将のいる本部に一同が集め

＊牛島満　一八八七—一九四五。陸軍軍人。四四年八月、沖縄に赴任。四五年四月〜上陸した米軍と激しい戦闘を繰り広げた。同五月末、首里を撤退し南部の摩文仁に移動。「最後迄敢闘」せよとの命令を残し自決

られ、そこで訓示を受けたのです。次の目的地は沖縄だと。今までは名前も知らなかった島ばかりなのに、今度はいよいよ日本かと思うと武者震いする感じでした。これは今までとは違うと。そして、実際沖縄に上陸すると、その思いはいよいよ確固たるものとなりました。例えば、人が着ている服を見れば、軍人ではないのが一目瞭然でしたから。

小池　この戦争はどんどん一般の人々を巻き込んでいって、日本の本土まで行くのだろうかと、絶望的な気持ちにはならなかったですか。

キーン　本当に絶望的な気持ちでした。たとえ沖縄が上手く行ったところで、日本の本土はまださらに遠く、九州、四国やがては本州にも上陸するのかと考えるだけで暗澹となりました。沖縄で見た惨めな老人や子供の印象が、強かったせいもありますが、これが本土ともなれば、何倍も凄惨な状況になるだろうと。軍人はともかく、非戦闘員である民間の人が戦闘に直面し、犠牲者になるのは、どれほど恐ろしいだろうと想像したからです。

原爆と大規模空襲

小池　先生が沖縄におられた一九四五年五月の時点では、ナチス・ドイツが降伏して、ヒトラーも死んでいました。アメリカは原爆をつくるマンハッタン計画――後づけの理屈か、最初からあった理論かはまだよくわからないのですが、何百万人というアメリカ兵を救うためには日本に対して原子爆弾を落とすべきだというような、言ってみれば非常に高度な作戦計画ですね、それを進めていました。そういうことは、先生のところには情報、ないしは軍隊で最もよく伝わる噂話として、全然入ってきていなかったのでしょうか。

キーン　私は原子爆弾の存在や噂を一切聞いていませんでした。もし、通常の爆弾の何千倍の威力を持った兵器であると知れば、驚愕したに違いありません。もし、そんなものがあるのなら、多分、戦争も早期に終結へと向かうと考えたかも知れません。しかし、もちろん私はその後の影響には想像が及びませんでした。つまり放射線の悪影響を知らなかったのです。とにかく、わずか一つの爆弾が広島という大都市を瞬時に破壊したと知らされて、大きな衝撃を受けました。ヨーロッパにも爆撃で完全に破壊された町はありましたが。有名なドレスデン*だけではなく、コヴェントリー*やロッテルダム*など、他にもあります。それらの町は一旦、歴史の上から消えたのです。それは真に残念でした。これを思うと戦争終結こそが日本国民のためになると考えました。これ以上、戦争が長引けば、広島だけではなく、日本全国が壊滅状態になると。しかし、それだけではなく、私は放射線がもたらす恐ろしさについてまったく無知だったのです。やがて、日本に行った時、その話を知らされました。この爆弾は単なる破壊兵器ではなく、末永く人体に重大な影響を与えることを……。私はそれまで、原子爆弾の長期的な悪影響まで考えたことがありませんでした。そして終戦から四ヶ月後の十二月、私は初めて日本に着きました。

*ドレスデン　エルベ川沿いのドイツ東部の都市。古くザクセンの首都。一九四五年二月、空襲で破壊された

*コヴェントリー　イングランド中部の工業都市。セント・マイケル大聖堂等で知られる。一九四〇年十一月、ドイツ空軍による爆撃で破壊された

*ロッテルダム　ライン川の三角洲上にあるオランダ南部の都市。ヨーロッパ有数の貿易港。一九四〇年五月の

小池　本土に着かれたのは、その時だったのですね。それでも、ハワイにいたとしても、それから沖縄島の戦いの中で九歳の沖縄の少年を通訳としていたときも、先生は民間人も含めて日本の全土が徹底破壊されることを本当に恐れておられたのですね。カーチス・ルメイ*という、アメリカの戦略爆撃を構築した将軍がいるのです。この将軍は後にキューバ危機のときもキューバに原爆を落とせという非常に強い主張をするのですけれども。ともあれ、アメリカのB29による――それからヨーロッパではB17が主流でしたけれども――軍事施設ではなく一般市民の住居地域が対象になった爆撃も戦争末期には多くなりました。日本の家屋は紙と木でできていますから、そういうところを細かく区分して、まず区画した周辺地域に焼夷弾を落として火災を起こして、逃げ道を四角くふさぐ。その中にまた焼夷弾を落としていく――という、相当の無差別爆撃も行われました。

もちろん、アメリカ軍としてはいろいろな理由づけがあったと思うのです。

ドイツ軍の爆撃で十七世紀以来の旧市街の殆どを破壊された

＊ルメイ　一九〇六―九〇。米空軍の軍人。日本の都市への焼夷弾爆撃作戦を遂行

小さな部品をつくっている工場が下町にいっぱいあるとか、日本の飛行機の小さなネジはこういうところでつくっているのだとか……。実際にそういうのはあったわけですから。だけど、すべて焼き殺していくという形の爆撃だったのですね。そういうことを、先生は、後になってお聞きになったのでしょうか。

例えば、三月十日の東京大空襲や、パールハーバーを攻撃した海軍の山本五十六の出身地長岡も完全に爆撃したということがありました。富山もそうですし、大阪、名古屋、福岡……他の多くの都市も空襲を受けましたが、そういうことは、沖縄戦の段階ではもう先生はご存じだったのでしょうか。

キーン　まったく知りませんでした。アメリカ軍が硫黄島を制圧してからは、飛行機が日本へ爆撃に飛び立ち、また帰還するようになったことは分かっていました。しかし、実際の被害の規模や死傷者の数、その他詳細は知らされることはなく、我々が読む日々の新聞にも、昨夜、何千人の日本人が死んだとか、そういう記事はまったくありませんでした。

ポール・ブルームの終戦工作

キーン　そして、もう一つ。これは日本人には理解しにくいかも知れませんが、私がいたアメリカ側では、いらいらしていました。つまり、なぜ日本側は劣勢を認めないのか、なぜ勝利の可能性がないと認めないのかと。ドイツ国民も一致団結して戦いましたが、やがて敗北を認めました。

しかし、日本人はそうではなかった。だからなぜそれが分からないか、と私たちは理解に苦しんだのです。敗北を認めず、最後まで戦うのが日本の伝統だ、と言う向きもあったでしょうが、アメリカ側はそんな話はまともな返答とは認めていませんでした。このまま行けば、日本国民は壊滅的状態におかれ、国民は意味なく死んだり、無駄な苦労が募るだけなのに、なぜそれが理解できないのかと。

話は少しそれますが、私の友人でポール・ブルームという人がいました。日本で生まれたアメリカ人で日本語も話せた人です。ヨーロッパ各国の言語にも通じており、戦時中の昭和二十年には、スイスにおられて、北イタリアでドイツ軍が降伏した時にも、文化財を保護するなど、大きな役目を果たした人でした。そこでの処理が終わってからスイスに戻り、今度は秘密裏に日本の海軍武官と会っていたのです。藤村義朗という人ですが、二人の話とは終戦工作の交渉でした。何とか今のうちに戦争が終われば良いと。藤村さんは海軍の少佐か中佐だったと思います。確かそれ位の階級だった筈です。その藤村さんはしょっちゅう日本に電報を送り、ドイツの降伏や、ヨーロッパの現状、そしてブルーム氏との会談の内容や戦争終結についての可能性を本国政府に打診していたのですが、まともな答えは一度も無く、日本政府からの返事はいつも同じでした。曰く、「敵にだまされるな」という反応ばかりで、一度も「熟考を要する」とか「今すぐの停戦は無理だが、再考の余地はある」など、建設的な答えは皆無だったのです。理性的に考えた様子は全くないようでした。長きに亘り無敵だったドイツ軍がすでに降伏したにもかかわらず。

ところで、ブルーム氏は戦後になると東京・青山に住むようになり、私も彼のお宅に泊めて頂くなど、すっかりお世話になりました。

関係ない話ですが、渋谷のスパゲティの店の創業に手を貸した人でもあり、現在、日本の人が普通に食べているタラコや納豆のスパゲティは、日本の食材を使ってスパゲティを作ったらどうか、というブルームさんの発案です。いや、ドイツが降伏した話でしたね。

イタリアが降伏したのは、さらに前でしたね。とにかく、日本だけがなぜそんなに頑固で、聞く耳を持たないか、という焦燥感をアメリカ側は抱いていたのです。戦争が嫌いで仕方なかった私でさえ、どうして日本は現状を理解できないのかと苛立ちました。これ以上勝つ希望もない筈なのに。ただ、そんな気持ちがあったとはいえ、多数の日本人が亡くなったことに喜びを感じるわけではもちろんありません。そうこうするうちに二度目の原爆が長崎に落ちました。私が驚いたのは当然ですが、この時ばかりは怒りました。これはしなくても良い、もう十分だと。

小池　それをだれか、仲間の将校におっしゃいましたか。それともご自分おひとりで。

キーン　もちろん、そう思っただけではなく、同僚にもその気持ちを話した筈です。また、トルーマン大統領*は喜び勇んで二度目の原爆投下を決めたと聞いて本当に腹が立ちました。この新たな殺戮や破壊がもはや不必要であるのは歴然としていたからです。

京都を救ったスティムソン陸軍長官

小池　そういう意見を持っている情報将校や、兵科の専門の職業軍人は、

＊トルーマン　一八八四―一九七二。四四年米副大統領。四五年、ルーズヴェルト大統領の急死に伴い大統領就任

アメリカの上層部にはいなかったのでしょうか。例えば、ジョセフ・グルー*という駐日大使が、開戦の前に、なんとか外交的な解決を見いだせないかと努力していました。開戦以降本国に帰ってからは、国務省において国務次官として非常に力を持っていたわけですね。

*グルー　一八八〇―一九六五。米外交官。一九三二〜駐日大使。第二次大戦前の米の代表的知日家の一人。主著『滞日十年』。四一年の日米開戦で帰国。ポツダム宣言起草にあたり、トルーマン大統領に天皇制を残すよう進言

彼は、日本のことを非常によく知っていたし、天皇制についても深い知識を持っていました。始まってしまった限りは、できる限り早く戦争はやめさせるべきだと、多分本土空襲が始まったあたりでそういうことを考えたのだと思いますけれども。アメリカ兵も、日本兵も、そして日本の一般住民も数多くが亡くなっていきました。沖縄戦がそろそろ終わるころ、アメリカ軍の上層部の雰囲気や、アメリカの新聞でトルーマン大統領が終戦を考えているとか、そういったことはまったくなかったのでしょうか。

キーン　さあ、覚えていません。私は下っ端に過ぎなかったし。

小池　でも、大尉でしょう。

キーン　しかし、上には少佐、中佐、大佐と続きますから。理由はともかく、私が秘密の情報に接することはありませんでした。これは別の話ですが、戦時中、私は暗号解読にかかわる部署には関係がなかったので。

小池　お友達には。

キーン　そんな友人もいました。しかし、彼等は一言も漏らしませんでした。固く口を閉ざして。私が出入りする同じ建物の中にも、絶対立ち入り禁止の部屋がありました。何をやってるのかと言えば、暗号解読だったのですね。ハワイの本部です。とにかく、私の立場では軍事上の機密などとは無縁でした。何一つ知らなかったというのが正直な所です。断片的な知識はもちろんあって、例えば、グルーの存在は知っていましたし、尊敬もしていました。戦後になってから、彼が原爆の使用に反対していたことも聞きました。しかし、それははるか後の話です。さらに原爆の話ですが、まずは京都が候補地としてあげられ、それを当時の陸軍長官のヘンリー・スティムソン＊が、断固として反対したので

＊スティムソン　一八六七—一九五〇。一九一一年タフト大統領に

した。絶対にしてはならない、許されないと。

小池　日本では、京都を原爆から救ったスティムソン陸軍長官の名前の記憶は、非常に薄いのですね。ほかに仏像、仏教美術の専門家ラングドン・ウォーナー*とか、日本のことを知っている学者がいろいろトルーマン大統領に進言していた、と書かれているのですけれども、歴史の原典に当たってみると、やはりスティムソン陸軍長官が一番強い反対をしていたのですね。

キーン　そう。その事実を発見、立証したのも、先に触れたオーティス・ケーリさんです。私の戦友であるだけではなく、生涯の親友でもあった人で、戦後はずっと同志社大学に在籍されました。ケーリさんはとにかく、京都への原爆投下を誰が反対したのか、止めたのかと探して探して、ようやく突き止めたのです。もっとも、彼がスティムソンの件を調べ上げ、それが論文へと形を整えるまでには十年を要したのですが。ケーリさんの論文には、スティムソンが昭和五、六年に夫人と共に京都を訪れ、都ホテルに泊まった記録が発見されたこ

よって陸軍長官に任命され政界入り。二九年フーバー政権の国務長官に就任。満州事変に際し、侵略による征服の不承認を内容とする「スティムソン・ドクトリン」提唱。四一年再び陸軍長官。大戦末期は原子力政策に関する暫定委員会の委員長として対日原爆投下決定に重要な役割を果たした

*ウォーナー　一八八一―一九五五。東洋美術学者。一九〇六年来日、岡倉天心に師事。第二次大戦中、米軍による京都、奈良の空襲を回避するよう進言。四六年占領軍最高幹部の一員として来日、文化財の保護に尽力

とや、京都の町に深い感銘を受けたことが書かれています。

小池　だから京都の雰囲気を知っているし、ご自身は東京のアメリカ大使館に一時期いたということもありました。京都を、例えば東京大空襲のように破壊したら、後々どのようなことがアメリカという国家に対して道義的に言われるか。そして日本人の心の中に何を残すか――スティムソン陸軍長官は知っていたのでしょうね。

キーン　はい。彼はそれを見極めていましたし、また十分な権力があったのは、まことに幸いだったと言うしかありません。

小池　先生が京都に留学することも、もし京都が破壊されていたら、なかったでしょうし。

キーン　何もなかったことになります。京都の町が地上から消えることなどは想像も出来ません。それは単に日本国民にとっての損失に留まらず、人類全体の大きな損失となり、アメリカは末永く世界から批判されたでしょう。私のおぼろげな記憶ですが、昭和二十年の七月二十五日の時点までは、京都がまだ候補地の筆頭にあったと思います。投下の場所さえ決まっていたのではなかったかな？　確か京都駅のすぐ前、今、京都タワーのあるあたりだった気がします。ただ、これらの知識も今となっては定かでないので、再確認する必要がありますが。

小池　あの美しい伽藍の寺々は、すべて瓦礫と化していたでしょう。

キーン　本当に一人の男が京都の破壊を食い止めたとは信じられない話です。それまで、ウォーナーやライシャワー*の尽力の賜物という説もありましたし、それが事実として定着する可能性もあったのですが、幸い、ケーリ君はそんな俗説に納得せず、実に良く調べてくれたと思います。

小池　本当に、すばらしい仕事をされましたね。皮肉なことですが、オーティス・ケーリさんは、あまりにも日本語ができた。それで心が引き裂かれているようなときも、多分あったのだと思うのですね。日本への愛と、それからアメ

＊ライシャワー　一九一〇―九〇。父は宣教師で、十六歳まで日本で生活。日本研究者、駐日大使（一九六一―六六）

リカへの愛と……。そして同志社大学で教授になり、非常に大きな歴史的な事実を世に説いたのに、とても不遇だったと僕は思います。

キーン　不遇をかこつのはずっと後のことです。終戦後、彼は一旦アメリカに戻り、大学で学位を取ってから京都に腰を落ち着けました。場所は同志社大学です。そして京都の教育関係で能力を発揮し、実に素晴らしい仕事をしていたのです。あの時代、アメリカと日本の両国の言葉を自由に喋れる人は極めて少なかったのですが、それを別にしても、ケーリさんは元々、日本の文化や人々が大好きでしたからね。

だから、彼と日本の蜜月も数年は続きました。しかし、その黄金時代が過ぎると、他の教授、特に左翼的な人々から嫉妬を受けるようになり、悪口を流されるとか徐々に不当な扱いを受けた記憶があります。結局、同志社大学における彼の黄金時代とは、せいぜい四、五年、つまり戦後の復興期だけだったでしょうか。その時代が一段落すると、学内での居場所をなくし始めた、そんな感じでした。

小池　悲しいことです。

沖縄からサイパン、ハワイ、グアム——そして終戦

小池　沖縄の話に戻るのですが、先生は沖縄戦のとき、いま平和祈念館という形で沖縄戦のものが残されている、摩文仁《まぶに》の丘——南の端まで行かれたのでしょうか。それとも、南部には向かわれず、沖縄を離れられたのでしょうか。

キーン　私は沖縄にいた短い期間は一時的に陸軍の第九六師団の一員となっていました。詳しくは覚えていないのですが、首里に行った後、すでに海兵隊が制圧した那覇という町も見たいと思って出かけたものの、もうほとんど何も残っていませんでした。首里もまったく同じでしたけど。ここに町があったとはとても思えない状態でした。今の首里城などまったく想像出来ません。

私は十数年前に行って、本当にびっくりしました。破壊され尽くして何もなかった印象が強かったので。いや、あの時の驚きは普通ではなかった。しかし、戦時中には島の最南端には行きませんでした。別に深い理由もなく。ただ、行かなかっただけです。

小池　沖縄の地から離れたのは、何月ぐらいになるわけでしょうか。

キーン　昭和二十年の七月の終わり頃でしょうか。沖縄を出た後は、まずサイパンに立ち寄り、次いでハワイ、そして終戦の直前にはグアムに着き、そこで八月十五日を迎えたのです。

グアムの前に居たハワイでは到着した日に変な夢をみました。夢の中で少年が新聞の号外を売っているのです。紙面には戦争終結の見出しが。しかし、ハワイには新聞の号外なんてないんです。元々そういう習慣もなくて。翌日、目が覚めるといよいよ天皇陛下からの命令が下るかも知れないと聞いたような……。

そして、サイパンに居る時でしたが、戦争がもうすぐ終わると断言する男に会うのです。私が乗った船はサイパンに入港したものの、浸水があってすぐに出港できず、その間、テニアンから来た空軍のパイロットと遭遇します。すると、戦争は一ヶ月以内に終結すると、自信たっぷりに言うので……。中尉か大尉ぐらいでしょうか。我々は嘲笑や失笑と共に、その予言を聞き流していたのですが。しかし、彼はテニアンで決定的なものを見ていたのです。それこそが原子爆弾でした。とにかく自信一杯の口ぶりで、賭けまで吹っかけたり。戦争は一ヶ月以内に終わる、と。みんなは彼がおかしいと思って相手にしませんでした。私もキスカの作戦以来、空軍をまったく信用しなくなっていたので。島にはまだ高射砲が残っている、とか。しかし、何もなかったのです。だから、この話もまともには取りませんでした。

小池　先生は、職業軍人に対してはアメリカ軍であってもあまり信用しておられなかったみたいだし、日本軍の職業軍人も、あまり好きなタイプではなかったのでしょうね。

キーン 日本の職業軍人と少しでも接触があったのは、当然ながら戦後になってからで、場所は中国の青島《チンタオ》という町です。私が会った人は海軍将校で教養もあり、こちらの質問にも丁寧に、そして正確な返事をして下さいました。岡部将校という方で、私はこの人を大変、尊敬しておりました。しかし、その一方、一般の兵士に銃剣を持たせて中国人を殺す訓練を強要した望月大尉という明らかに気の触れた男もいました。軍人といっても千差万別で、一口では言えません。

日本の無条件降伏

小池 先生は、ポツダム宣言*が日本に向けて発せられて、日本に無条件降伏を迫っているということを、ハワイで知ったのですか。

*ポツダム宣言　一九四五年七月二六日、ドイツのポツダムにおい

キーン　おそらく、そうでしょう。

小池　それまで先生は、どうして日本は早く降伏しないかとずっと思っておられたわけですね。沖縄戦のあたりでも……。ポツダム宣言が発せられて無条件降伏を日本が連合国軍から求められたとき、日本軍が降伏するだろうと思われましたか。

キーン　やはり、カギとなるのは天皇の存在でした。降伏は避けられないにしても天皇制をどういう形で維持するか。最終的にはご存知のような結果に至りましたが、もし、アメリカ側が断固として、天皇制に異議を唱えた場合、交渉の決裂は十分、あり得たと思います。私個人は決して楽天的な観測を抱いていませんでした。

小池　天皇の地位についてのポツダム宣言の英文を、日本の外務省は、「制限の下に置かれる」という訳し方をしています。それに対して陸軍は、天皇の地位は「占領軍に支配される」と訳しています。その当時の日本の政府が求め

て米・中・英（のちソ連）が日本に対して発した共同宣言。日本降伏の条件と戦後の対日処理方針を定めたもの

た国体の護持、天皇制の護持について、政府内でも英語の訳し方を微妙に変えていたのですよ。僕は昭和天皇を擁護する立場でないのですが、恐らく昭和天皇自身が、もうこれ以上戦争を続けても日本という国家にとって何ら得るところはないし、自分の地位がどうこうというより、やめることこそ自分自身が最後にできることじゃないかというふうに思った気がするのですが、先生はどうでしょうか。

キーン 私もそう思います。しかし、欲を言えば、もっと早くに何らかの手を打って頂ければ良かったとも思います。国民に忍耐を強いるのも限界でしたし、どこまで辛抱するのかと。もう負けるのは決まっているし、どんなに抵抗しても、降伏が避けられないのであれば、首都東京が破壊される前に、交渉に臨めば有利な条件や展開もあった筈です。先にも申しましたが、ブルーム氏と藤村さんがスイスで密会を重ねていた昭和二十年の二月頃、もし、政府内で停戦や降伏、また敗戦処理を語る会議があったら、皇室も日本国民も大きく救われていたでしょう。二月以降、空襲が本格化する前に何らかの手を打って、早期の戦争終結に結びついていれば良かったのに、と思うと返す返すも残念です。しかし、実際はそうではありませんでした。いつ終わるか、あるいは、どのような形で終結にもって行けるか、誰にも予想すら出来なかった。

小池　一九四五年四月頃には、ルーズヴェルト大統領の死とトルーマン大統領への交代、そしてヒトラーの死……いろんなことがありましたが、せめてこの時期にどうして日本はアメリカに、戦争終結に向けて働きかけるということがなかったのでしょうか。

キーン　それは私にも分かりません。今では忘れられていますが、硫黄島の戦いでは、日本軍だけではなく、アメリカ側にも膨大な数の犠牲者が出ました。

小池　驚くような数です。日本軍には増援や救援の計画は当初よりなかったですが、二万九三三名の守備兵力のうち二万一二九名までが戦死しました。

これは損耗率にして九六％です。しかし、アメリカ軍にとって大きなショックだったのは、アメリカ軍の戦死六八二一名・戦傷二万一八六五名の計二万八六八六名の損害を受けたことです。太平洋戦争後期の上陸戦でのアメリカ軍攻略部隊の損害が、日本軍を上回った稀有な戦いでした。

キーン　はい、アメリカ側の戦死者も尋常ではない数です。この結果、もし本当にアメリカ軍の日本上陸が敢行されたなら、犠牲者の数は数倍に上るだろうとアメリカ政府は予測したのではないかと思います。一方、日本は現実的な範囲で譲歩や交渉など、他の選択肢を考慮する理性は残っていなかったのでしょう。一度もそういう働きかけがあった節さえありませんし。

また、これも信じられない話ですが、戦争末期には、日本政府や軍関係者はソ連が仲介に乗り出してくれるのではと期待を抱く向きも出て来るのですね。それまでは全く悪の国と非難していたソ連に対し、まことに唐突な調子で、実は公平な国であると好意的な報道が現れるようになります。しかし、政府は具体的には何もせず、無策のままでした。冷静に考えれば、ソ連が日本の国益になる政策を実行することがないのは自明の筈ですが。

小池　その通りです。モスクワにいる当時の佐藤（尚武）大使にも、終戦の仲介をソ連にやってもらえという訓令が来て、それに基づいて一応ソ連の（アナスタス・）ミコヤン*らの上層部にも会うのです。それでも結局、佐藤大使は無駄だともうわかっていた。だから、ソ連を介しての終戦はあり得ないという電報を何本も外務省に打っているのですけれども、これも無視されました。

キーン　問題の根幹にあるのは、日本政府、ひいては日本国民の現状に対する黙殺でしょう。開戦直前の段階で「黙殺」という言葉が問題視されたことがありましたが、結局は終戦に至るまで「黙殺」が続いていたわけです。

小池　「ポツダム宣言は黙殺する」と鈴木貫太郎*首相が国会で演説するようなこともありました。あれは一種の高等なる腹芸かもしれませんけれども……。例えば先生がおっしゃったように、スイスでもストックホルムでも終戦工作を

＊ミコヤン　一八九五―一九七八。ソ連邦最高会議幹部会議長。政治家。フルシチョフを助けスターリン批判を推進、副首相。

＊鈴木貫太郎　一八六七―一九四八。海軍大将。一九三六年二・二六事件で重傷。終戦内閣の首相（四五年四月〜八月）。本土決戦体制の強化を図る一方、国体護持の目標で対ソ交渉による終戦工作を図る。七月のポツダム宣言には黙殺声明を発表したが、原爆投下、ソ連参戦によって同宣言を受諾

やった武官はいるわけですね。しかし、電報を陸軍省、参謀本部に打っても全く黙殺されました。日本の中で一つの理性が動くということは、少なくとも一九四五年の四月、五月、六月の時点ではない。そしてどんどん日本の都市は、ルメイが考えたような徹底的な形で破壊され、人々は焼き殺されていく。八月六日には広島に原爆が落ち、九日には長崎に落ちる……。先生は日本人との長いつき合いがあり、そして日本の心理、文化というものをご存じです。どうしてこの最も重要な時期――一九四五年の四月から、せめて八月一日の間に、日本は戦争をやめるということができなかったかと思うのです。

キーン　今となっては分かりません。日本の国があれほどの破壊をくぐり抜ける前に、いかに悲痛であろうと前向きな決断が下されなかったのは、まことに痛恨というしかありません。なぜ、それが出来なかったか。それは一つの謎ですが、もう一つ、逆の謎もあります。それは言論の自由に対する自然な開花です。ひとたび戦争が終わると、まだアメリカ軍が上陸する前から、すなわち、アメリカの占領政策が形を見せる前の段階ですでに言論が自由になり始めたことです。それもあらゆる分野において。別に総理大臣や政府など、いわゆるお上から指導があったわけではなく、戦いはもう終わったのだから、何を書いても良い筈だと言わんばかりに、ごく自然な変化があったのです。

この時点での変化は本当に不思議としか言いようがありません。どうしてそうなったのか、やはり自由への抑えがたい渇望があったのでしょうが、これほどの急激な変化を見ると、驚くしかありません。ただし、戦後になってから日本の人と戦争の話をすると、大多数の人は「日本がアメリカに勝つ筈がない、と初めから分かっていた」と答える場合がほとんどでした。しかし、私はその返答に感銘を受けたことは一度もありません。分かっていたのなら、なぜ、何も言わなかったのか、と思う気持ちがどうしてもあるからです。むろん、そう言うのは簡単で、実際には発言も出来なかった苦しい時代であったとは理解していますが。

小池　憲兵隊が怖かったということはあるでしょうが……。

キーン　戦争が終わってから、それぞれの日本人に葛藤があっただろうと思います。発言すべきだったとか、言ってもダメだったとか。

終戦後の日本人の激変

小池　まさに私にも最大の謎なのですけれども、終戦となったら今度は逆に日本人は、パールハーバーのときに重い空気が一気に晴れたように、もう自分たちは自由と民主主義、言論の自由を手に入れて、政治犯は釈放されて、そしてアメリカ人というのは結構いい人たちで——というようになりました。町を歩くアメリカ兵に手を振ったりして。

キーン　ええ、人は喜んでいました。

小池　サイパンで、例えば子供を抱いてスーサイドクリフから飛び込むような民族と、アメリカ人が東京の町にどっと来たときに手を振っているのが、同じ民族だと思えましたか。

キーン いえ、理解できず、呆気にとられる気持ちもありました。たとえば、昭和二十年の暮れに日本に一週間いた時、私は床屋に行ったのです。東京でした。髪の毛を切った女性は、その気になればカミソリで私の喉を割くことも出来たでしょう。しかし、そんな心配はまったくなく、親切そのもので。私自身はもともと、日本人を憎んでいたわけではないから、いよいよ戦争が終わると、それまでと同じ、普通の自分に戻っただけですが、アメリカ人に対する日本の人たちの態度こそ短時間で激変しました。まるで戦争など、なかったかのような親近感が、すでにあったからです。しかし、全国津々浦々でそうだったと断言するべきではないでしょう。ただ、人々の態度は極めて早く変わった。これは少し説明できない程です。

小池 非常に早い段階で、天皇陛下も人間宣言*というのを出しますね。日

＊天皇の人間宣言　一九四六年一月一日に出された詔勅の通称

本人にとって、あの宣言が出たことは非常に大きな政治的な意味があり、そして占領軍の民生部がやって行こうとする新たな政策を、日本人がすっと受け入れるもとにもなっている宣言です。先生は、天皇の人間宣言というのを聞いたときにどんな感じがしましたか。

キーン　もちろん嬉しく感じました。私たちと同じ人間であると思っていましたよ。最初から（笑）。

小池　先生はその後、日本との長いかかわりの中で、例えば今上陛下が東宮時代、そして皇后陛下が東宮妃の時代、軽井沢の千ヶ滝のプリンスホテルでご一緒に昼食をとったりされている。その後も文化功労者になられた時や、さらには外国人として初めて文化勲章を受章された時、またその他の機会にもお会いになったりしておられます。それにしても、昭和天皇の時代にあれほど日米が戦ったということが、どうしてこんなにも早く忘れ去られてしまうのでしょうか。先生は『日本人の戦争——作家の日記を読む』で作家たちの日記を読み解かれたからそのことをよくお感じになったのではないかと思うのですが。忘れられてよいのでしょうか。

キーン 時の流れと言えば、それまでですが、過去の過ちが忘れられることで同じ過ちが将来、繰り返されるのでは、と思うと、やはり心配です。単純に言えば、大戦に至る過程や、その後の推移を、戦争を経験した世代が次の世代に正しく伝えていないということでしょう。決して楽しいことではありませんからね。負け戦を語るなど。特に軍国主義に毒されて、破滅的な敗戦を経験した国民が、あの戦争を冷静に語り継ぐことが出来なかったのは、致し方ない側面もあるでしょう。大戦勃発に至る過程は、権力の中枢にいた、ごく少数の人々が国民を騙したと言えるでしょうが、騙された国民にどの程度の責任があったのかは微妙な所で、一概には言えませんね。

ところで、三島由紀夫の死後に発表された手紙で、戦時中に書かれたものを読むと、彼ほどの人でさえ、アメリカや英国などの馬鹿者に負けるものか、とか、他にも相当に極端な表現を残していると知って仰天しました。

小池　幾つぐらいですか、三島先生は。

キーン　十七、八歳でしょう。

「米と英のあの愚人とも、俗人ども、と我々は永遠に戦ふべきでありませう。俗な精神が世界を蔽うた時、それは世界の滅亡です。」（『三島由紀夫　十代書簡集』新潮社）*

小池　そして、志賀直哉、武者小路実篤などの大正のロマンティシズムの流れをくんだ白樺派の思想は、軟弱だと。

キーン　そうです。志賀直哉は戦争には明らかに反対していましたが、しかし、三島さんは志賀直哉の態度を、古くさい白樺派の思想に過ぎないと切り捨てています。

＊『三島由紀夫　十代書簡集』新潮社、一九九九年、一七九頁。三島が学習院中等科・高等科時代に、先輩、東文彦に宛てた書簡集

戦争がもたらした憎しみを超えて

小池　先生が中央公論新社から出された『昨日《きのう》の戦地から――米軍日本語将校が見た終戦直後のアジア』。キーン先生が編者となって、ほうぼうに散っている、日本軍のことがわかる――日本語がわかる将校が見た終戦直後のアジアについて書かれています。そして先生は、「はじめに」の最後に、こういうふうに書いているのです。

「私は、終戦直後の日本や中国を太古の昔と思う人たちこそ、これらの手紙を読んでほしいと望んでいる。たしかに、あの頃を思えば、世の中はすっかり形を変えてしまった。しかし、決して忘れてはならない一つの時代であったと言っておきたいのである」。

つまり、かつて日本が戦争に負けたと。そういう時代が日本の現代史には存在したのだということですか。

キーン はい、そうですね。

小池 日本がアジアに対し、中国、朝鮮半島に対して侵略行為をした。それを一つの時代として、日本の人が覚えておかなければいけない、ということでもありますね。

キーン もちろん、そうは思っていますが、日本だけが悪かったと言っているのでは決してありません。当然ながら各国にそれぞれの問題や責任がありました。これは別の話ですが、十五年ほど前に中国に行った時、戦時中の日本軍の恐ろしさを表す意図で作られた博物館を見て、驚きました。そこには人間の実物大の人形がありました。被害者の中国人の首が切断され、床に転がっている、そんな人形の展示です。私がそこにいた時、小学生の一団が案内されていましたが、あれを見た小学生たちの全員とは言いませんが、生涯、日本人に激しい憎しみを抱く人も当然いるでしょう。日本人はこんなことを中国人にしたのかと。きっと長い間、頭に染み付くでしょうから。しかし、そのような煽動、あるいは洗脳は有害でしかない。戦争では確かに多くの残虐行為があったことは間違いありません。しかし、もう忘れる時が来たと思っています。

小池　お互いの憎悪の感情を、いつまでも次世代に植えつけていくようなことは、中国もすべきではない、と。

キーン　戦争がもたらした憎しみを、人々はいつか越えて行かねばならないのです。例えば現在のヨーロッパが一つの例です。フランスとドイツは長い間、ずっと敵同士でした。しかし、今は協力しています。人々は心の深いところでまだ憎しみを抱えているかも知れません。それは誰にも分かりません。しかし、実際上、今は互いに協力し合っていて、少なくとも殺し合ってはいません。フランスと英国もそうでした。

長きに亘って、非常に激しく、お互いを憎み合って。しかし、今ではその憎しみも蒸発したかのようです。人々にはそんな和解が必要なのです。

ただ、私がその一文――決して忘れてはならない一つの時代――を書いた時、別に未来に残さんと力んで書いたわけではありません。あくまで自分の関係ある人々、普段、付き合いのあった友人に呼びかける程度の気持ちしかなかった筈です。

戦争と作家

小池　ここで再び、戦争と作家ということについて伺いたいと思います。先生の長い日本人との交流のなかで、特筆すべき日本人の友人を選ばれるとしたら、三島由紀夫*だと思っています。その友人が、先ほど引用したように、戦争中は「米と英のあの愚人ども……」と言っていた。彼と一番初めに出会われたのは歌舞伎座ですよね。どうしてこの鬼畜米英の象徴のような軍国少年と、先生のようなリベラルな考えを持つ元アメリカ軍の日本語将校が親友になれた

＊三島由紀夫　一九二五―七〇。小説『仮面の告白』『金閣寺』『豊饒の海』他

のでしょうか。あの文章だけを読むと、そんな疑問がわいてくるのですが。

キーン　すでに太平洋戦争から時間が経っていたこともあります。三島さんと私が親しくなった段階では、政治的緊張はアメリカとソ連に移っていましたから。冷戦の時代でした。アメリカとソ連、それに共産国家として生まれ変わった中国も。しかし、私は何よりも三島さんを作家として見ていましたから、お互いにとって直接、関係のある文学が話題の中心で、政治的なことは考えませんでした。

三島さんは私より、二、三歳若かったのですが、戦時中、あるいは知り合った当時の政治的立場などは興味の対象外でした。

私の常識では、知的な人なら当然、戦争に反対した筈だと無意識に考えていたと思います。もちろん、そうではなかったのですが。

しかし、だからと言って、本当に戦争に反対した日本人がどれ位いたでしょうか。もっとはっきり言えば、誰が反対したか。小説家に限っていえば、印税で生活を維持できた永井荷風のような人なら反対できたでしょう。仮に新聞、雑誌から一切の原稿依頼がなくとも、すでに十分な収入がありましたから。そういう人は抑圧を無視したり、保身のために好戦的な組織に身を置いたりせずに済んだでしょうが、一般の人や他の作家には無理だった筈です。

小池　国会議員の斎藤隆夫*や、ジャーナリストの清沢洌《きよし》*……、そういった人たちは非常に反戦的、むしろ反軍的ですね。軍部に強い抗議の姿勢を示したけれども、口を封じられました。そういう意味では、つまり封じられるという形で、戦争をやるべきではないという声は、日本の中で大きなものとはならなかったのですね。

キーン　最初の半年、一年が運命を分けたとも言えるでしょう。もちろん、ミッドウェーでの敗戦は別ですが、日本軍は東南アジアの広い領域では無敵の進撃を敢行し、抵抗する勢力もほとんどなかった。フィリピン、シンガポール、ジャワ、その他……。

*斎藤隆夫　一八七〇―一九四九。イェール大学に学ぶ。一九一二年政界入り。軍部の政治介入に反発。戦後四七年の日本民主党結党にあたっては最高委員の一人となる

*清沢洌　一八九〇―一九四五。外交評論を中心としたジャーナリスト。三七年以降、日中全面戦争や日米戦争に反対する立場で、戦時下でも反軍部の姿勢を貫いた。『暗黒日

小池　つまり、最初の半年～一年は、日本軍が破竹の勢いで進撃していたことが、戦争をやめるということについては悪い方向にはたらいた、ということですね。イギリス大海軍の象徴である戦艦「レパルス」と「プリンス・オブ・ウェールズ」を、日本海軍の飛行機が――恐らく歴史上初めてでしょう――マレー沖海戦で、たった十何機の飛行機で二隻の戦艦を沈めてしまう。あれほどのことをやってのけるわが日本軍ということで、戦争に反対というところに行きにくかった。

キーン　この時点で、戦争に反対を表明した人々は実に偉いと思いますが……、誰もいない、と思います。谷崎潤一郎*は賛成していたとは考えられませんが。永井荷風ははっきり反対を表明していました。あの時代でさえ。しかし、谷崎潤一郎は、戦争以前に軍人を激しく嫌っていました。その点では例外と言えるでしょう。戦争が上手く行っている時点で、反対を表明する人は確かに偉い。敗色が濃くなり、失望や厭戦気分が高まる中で停戦を望む人など、別に偉

記』がある

*谷崎潤一郎　一八八六―一九六五。『痴人の愛』『春琴抄』『細雪』他

くもなんともないですからね。

三島文学と私

小池　ところで、先生にとって、三島さんとは何か互いに引き合うものがあったのでしょうね。

キーン　はい、そうとしか言えません。本当に面白い人でした。話も実に巧みで、意外で思いがけない話をしたり、まことに興味の尽きない人でした。どんな意見を述べる時も極めてはっきりした言い方で。

小池　文学にかかわる、同じ仕事をする日本人の中で、特に親しい友人だったということでしょうか。

キーン　一番の親友は永井道雄*さんでした。三木内閣で文部大臣になった、あの永井さんです。初めて京都に留学した時、偶然、同じ下宿で知り合って以

*永井道雄　一九二三—二〇〇〇。教育社会学者、評論家。七四年、

来の付き合いでした。下宿で毎晩一緒に食事を共にしたような密接な付き合いが、永井さんの死去まで続きました。とにかく、いつも会ってましたし、今でも未亡人や子供たちと親しくしています。

三木武夫内閣に、議席をもたない「学者文相」として入閣。著書『日本の大学』他

三島さんの場合は、彼自身が文学者ですから、私との関係も永井さんとの間柄とは自ずから異なっていました。たとえば、私が翻訳に専念していると、時々、三島さんから無言の声、一種の圧迫を感じることがありました。どうして、もっと自分の作品を翻訳しないのか……という、そんな気の流れを彼の表情から確かに感じました。言葉で言うと大げさに聞こえるかも知れませんが……。

例えば、安部公房*さんの戯曲『友達』を英訳したのに、三島さんのある作品は翻訳しなかった、そんな時がありましたから。もちろん、特別に避けたわけではないのです。ただ、三島作品を専門的に翻訳すると決めていなかっただけです。誰しも色々な作家の作品を翻訳したいと思うでしょう。もっとも、三島さんから、このような緊張をいつも感じていたわけではありません。ごく稀に

＊安部公房　一九二四―一九三。『壁―S・カルマ氏の犯罪』『砂の女』他

だけです。永井さんとは作品の翻訳うんぬんがない分、こういう張り詰めた瞬間もまったくありませんでした。

小池　三島さんの作品の英訳は、アメリカやイギリスで非常によく読まれたのでしょうか。

キーン　世間で言うようなベストセラーではありませんが、今でも少しずつ版を重ねています。

小池　どういうところから出版されたのですか。

キーン　アメリカでも一流と定評のある出版社です。クノップ社は翻訳物を出す出版社として最も信頼されていますが、同社からは『宴のあと』『近代能楽集』が発刊されました。また、『サド侯爵夫人』はグローヴ・プレスという小さくても良い仕事をする出版社から発表されています。

そう言えば、二年前にロンドンで『サド侯爵夫人』が上演され、現在のイギリスでも最高の女優の一人、ジュディ・デンチが要となるモントルイユ夫人を演じました。劇場の外には「ユキオ・ミシマ、ドナルド・キーン」と三島さんと私の名前が大きく書かれていました。三島さんと私の名前が、ウェスト・エンドの劇場に並んで大きく出るのも、おそらく生涯、一度きりのことでしょう。その写真をとってあります。

私は『潮騒』『金閣寺』『仮面の告白』のいずれをも手がけておりません。すべて他の訳者でした。三島作品の最初の翻訳作となったのは『仮面の告白』、次いで『潮騒』です。この『潮騒』が良く売れました。その二作の後が『金閣寺』です。当時、私は別の仕事で忙殺されていたので、ごく自然に他の教授が担当しました。別に複雑な事情はありません。しかし、後年、発表された『宴のあと』を読んだ私は、どうしても翻訳したいと思いました。『中央公論』に連載中の頃から。

『文藝』に連載されたのは、『サド公爵夫人』ですね。私が翻訳した三島作品は、いくつかの短編とアメリカの雑誌に発表する原稿などです。

小池　アメリカで出版されたときは、どれほど売れたのでしょうか。

キーン　実際の厳密な売上数は、私は把握しておりません。何回、再版を重ねたかということなら、調べがつきますが。一番売れたのはおそらく『潮騒』でしょう。次が多分『金閣寺』ではないかと。

『潮騒』の翻訳を手がけた方は、アメリカから来た元の外交官で、日本に居た人でした。メレディス・ウェザビーという人です。その後、彼は翻訳を続行したくないと表明し、おかげで他の人に仕事が回りました。

『金閣寺』はアイヴァン・モリス*の翻訳です。コロンビア大学で私の同僚でしたが、素晴らしい人でした。イギリス国籍の人で、性格も本当に典型的なイギリス紳士でした。大変、きれいな英語を使う人でした。『金閣寺』も優れた翻訳に結実しています。

小池　モリスさんには、日本人は、負けた、敗れた人々を尊敬する傾向があると——源義経が頼朝より好きだ、とか、敗者に対する栄光の分析もありま

＊アイヴァン・モリス　一九二五—七六。著書『高貴なる敗北』『光源氏の世界』他

昭和 37（1962）年 3 月、菊池寛賞の受賞を祝うライシャワー駐日大使の招宴
（前列左よりハル大使夫人、キーン、吉田健一。二列目左より佐佐木茂索、池島信平、三島由紀夫。後列左よりライシャワー大使、徳田雅彦、嶋中鵬二。敬称略）

したね（『高貴なる敗北――日本史の悲劇の英雄たち』）。

キーン　あれは実に興味深い本です。彼があの本を書くに至ったのも、三島さんから触発されてのことでした。そして、三島さんも亡くなる直前に何通かの手紙を書いて遺しましたが、その中にモリスさんも含まれていました。他の手紙は私、そしてもう一人、伊澤甲子麿《きねまろ》*さんという人だったでしょうか。伊澤さんは有名な音楽家の孫だったと思います。彼は三島さんに神道のことを色々、教えた人でした。しかし、三島さんの最後の何通かの手紙――そのうちの二通までがアメリカ人に宛てたものでした。

三島さんが事件を起こした日の朝、それらの手紙が机の上に置かれていたままになっていました。それを事件後に奥さんが投函してくれたのです。

*伊澤甲子麿　著書『日の丸坊っちゃん』、共著『歴史の証言――三島由紀夫 鮮血の遺訓』他

三島の死

小池　先生は、例えば安部公房さんの作品に高い評価を与えておられますね。それから三島由紀夫さんの作品は、初期の作品にも非常に高い評価を与えている。その三島さんがああいう形で自衛隊に呼びかけて自殺するというのは、先生にとって天地が逆になるぐらいの驚愕ではなかったでしょうか。

キーン　私はもちろん、三島さんは極めて明晰で、とにかく優れた頭脳の持ち主と考えていました。ですから自衛隊の本部に乱入し、あのような決起を促した所で、何の効果もないとは百も承知の筈だった、と見ています。そもそも本部の建物には、直接、軍事的な訓練や活動をしない人も多かったのです。事務官とか、賄いの人など。自衛官と言っても武器を持たない立場の人たちですね。だから、あのような決起を呼びかけるには、自衛隊の建物としても極めて不適切な場所です。あの行動が並み居る自衛官を駆り立てる筈はないとは当然、予測していたでしょう。ただ一つ、彼は死にたかった。それだけです。

ただ、同じ自殺でも手段や方法によって、無意味な死と自らの意思を後世に残す自裁はありますから。睡眠薬の過剰摂取や、高所からの身投げでは、その死に意義を見いだせません。

しかし、もし自覚の上で騒動を起こし、「我と共に立て」と叫んで死を選べば、それを聞いた者の中には、三島は自分の命を懸けていた、真剣だったのだと、信念を抱く者も現れる、それがあらたな行動を促す突破口となる筈だ、そういう効果を夢想したとも考えられます。

しかしながら、もう一つの大事な点、これこそが重要な理由でしょうが、新聞に大きく報道されることが目的でした。自らの死を以て、言論の世界、思想の領域に劇薬を放とうと。それは当然、狙っていたことです。

小池　だからＮＨＫの記者と毎日新聞には、あらかじめ言っていたのですね。

伊達宗克*さんと、徳岡孝夫*さんに。

キーン　私の想像に過ぎませんが、華々しく散り、それを大きく報道させることを最重要と目していたのではないでしょうか。

これも想像に過ぎませんが、三島さんは同じ年の六月に死ぬつもりだったとも考えられます。つまり、十年前に国民的な騒乱となった安保闘争が改定の時期を迎えて、今年の騒ぎは十年前の五倍も十倍も大きいに違いない、と各方面で予想されていました。

三島さんは、それなら今度こそ討ち死する、そう覚悟していたと思います。ところが、改定を迎えたその晩、私は偶然、三島さんと一緒にタクシーに乗っていたのですが、車が国会議事堂の前を通過すると、そこにいたのは退屈しきった警官だけでした。本当に何事もなかったのです。要するに七〇年安保の闘争で「楯の会」を出動させて、花と散る、そんな機会はまったくなかったのです。これにより、自らあの行動を決意したのではと。

＊伊達宗克　一九二八―一八八。ジャーナリスト（NHKほか）。著書『日本の勲章』他

＊徳岡孝夫　一九三〇―。ジャーナリスト（毎日新聞ほか）。著書『五衰の人』他。翻訳にキーン『日本文学史　近世篇』他

日本はまた戦争をするか

小池　よく先生から聞きましたけれども、軽井沢の別荘で雨が降る中、『徒然草』を訳していると、まるで自分が兼好法師になったような気持ちになるぐらいだと……。私なんか、『徒然草』なんてまともに読んだこともないんですけれども、先生は思いを込めて、すばらしい英語に訳されました。そのような形でも日本と関わってこられた先生は、もう日本に骨を埋めると決められたわけですので、今は二つの祖国に生きていると思います。先生のもう一つの祖国であるアメリカ、ないしはほかの国々と、日本という国はまた再び武力を使うような国になっていくのでしょうか。それとも、日本はあれほどの犠牲を出したこの太平洋戦争をも含む十五年戦争から学んで、やはり最終的なところで戦争というのはもう日本には起こらないと言えるでしょうか。八月十五日を境にして、あんなにひっくり返ったように、「鬼畜米英」が「アメリカ歓迎」となる民族ですよね。この日本は、果たしてちゃんとした信念でもって戦争を起こさない民族となるのでしょうか。

キーン 本当に分かりません。しかし、私が生きている間には、おそらく日本が戦争に突き進むことはないと思っています。もちろん、現在でも中国を攻略したいと望む日本人がいることは疑いありません。また、若い人でも靖国神社に集まり、国粋主義を振りかざす人々も存在します。それは私には非常に不愉快です。しかし、国民的な規模ではなく、極めて限られた少数派だと思います。いや、そう信じたいです。

そのような人々はどの国にでもいるでしょうが、もう時代は変わりましたし、国粋主義を抱く一派の信念で日本が動いたり、戦争に突き進むことは多分ないと思います。

私は社会学者ではないので、とやかく言う立場ではありませんが、一つ、三島さんが語った面白い例をあげましょう。彼は伊勢神宮の遷宮を引き合いに出し、二十年ごとに正殿や社殿を壊して、新しく建て替えることを語りながら「同じように、日本人の主義主張や希望も二十年ごとに変わる」と言ってました。

小池　式年遷宮みたいなものだと。

キーン　そうですね。もちろん、それは科学的に証明できるものではありません。ただ、日本人の行動には説明できない波があると感じるのです。日本人は一斉に同じ物に熱狂し、そして、その熱狂が同時に消える。そんな時に、その波を感じるんです。

三島さんは、その二十年の波の満ち引きについて語っていたのです。一例をあげれば、明治の最初には外国のものが喜ばれたのに、二十年も経つと日本主義が台頭したとか。

おそろしい内戦

小池　先生のお話をうかがって、本当に面白かったです。先日、『朝日新聞』の書評に載っていたのですが、ハーバード大学の学長になった女性の『戦死とアメリカ――南北戦争六二万人の死の意味』*という本が翻訳されたのです。僕は英語で出たときに読んだのですが、非常にいい本だなと思いました。南北戦争*というのは、ものすごい数の人が死んだのですよ。アメリカの内戦といえますが、恐らく両軍あわせて百万人ぐらいが死んでいます。

キーン　確かにその通りです。多くの人は今では南北戦争を考えることすらありませんが。その後の戦争に比べても実に恐ろしい戦争でした。同じ言葉を使い、食べ物も一緒、つまり同じ国民ですから、本来は起こる筈のない戦争だったのに。捕虜となった者も大体は飢え死にしたとか、まことに

＊本書一一頁参照

＊南北戦争　一八六一—一六五年、米の南北両地域の間で戦われた

冷酷で恐ろしい戦争でした。

小池　日本国内で起こった戊辰戦争でも、さまざまな残虐行為がありました。南北戦争について、日本人はほとんど何も印象がないのでしょうが、アメリカにとっては非常に深い憎しみがあるものなのです。あんなに殺し合った戦争はありません。内戦というのは、どこの国でもひどいものなのです。

キーン　スペインの内戦*もそうでした。

*スペイン内戦　一九三六―三九年、スペイン領モロッコからスペイン全土に拡大。スペイン第二共和政が崩壊

幸運に恵まれた人生

キーン　私の本『昨日の戦地から――米軍日本語将校が見た終戦直後のアジア』*はまったく売れなかったそうですが……。

小池　僕は、それが悔しいのですよ。この本は非常に面白い。この本についての、梯久美子さんが書かれた『サンデー毎日』の書評は良い視点でした。

*『昨日の戦地から』中央公論新社刊、ドナルド・キーン編、松宮史朗訳

まさにキーン先生と同じように日本をよく知っている、そのときの若い日本語将校たちの目線、視線を今の我々日本人が持っていることに、この本を読んだ人は驚くだろう――と書いてあるのです。僕はこの本をこの三日間もう一度ずっと読み通したのですけれども、非常に示唆に富んでいます。

残念なのは、先生はもらった手紙をよく残しておられるのに、先生の手紙を残していない仲間が多いのですよ。だから先生の手紙がこの本にはあまりないのです。例えば、(デービッド・L・)オズボーンさん*――後に日本の公使になりましたよね――そういう人が非常にいい分析をしているのが残っているのですが、先生の言ったことはあまり残っていないのです。先生はもらった手紙を残してくださるから、みんなの手紙がこうして残り、形になったのですよ。その後の運命はそれぞれ違って、今は亡くなった人がほとんどですけれども……。

ところで、僕は渡辺崋山*が大好きで、先生と一緒に、彼の出身の藩があった渥美半島の田原に行ったことがあるでしょう。僕は先生に渡辺崋山を書かせた

*デービッド・オズボーン　一九二一―九四。海軍大尉。海軍日本語学校に参加。戦後、外交官としてライシャワー大使の下で公使(『昨日の戦地から』より)

*渡辺崋山　一七九三―一八四一。幕末の文人画家、洋学者。幕府の攘夷策を責める「慎機論」を著す

くて、書かせたくてしょうがなかったのですよ。だから先生が『渡辺崋山』[*]を書いてくださって、本当にうれしかったんです。

先生には、面白いところがあるんです。古本屋に行って安いものがあると、それを題材にして書く癖があるんです。『明治天皇』を書かれたのも、『明治天皇記』というのが、そのとき古本屋ですごく安かったそうなのです。

キーン　そうでしたね。

小池　それで、全部買い込まれたんです。読んでみると面白いのですよ。だれもあの明治天皇のことをまとめて書いた人がいない。だから先生は、あんな分厚い二巻の本になるようなものを、『新潮45』にえんえんと連載されました。

キーン　六年半、まあ七年ですね。

小池　八重洲ブックセンターのど真ん中に「毎日出版文化賞受賞、ドナルド・キーン」と書いて、山のように積んであったのを、今でも覚えています。でも、この『昨日の戦地から』はどこにもありませんでした。これは、翻訳も本当に

＊D・キーン『渡辺崋山』角地幸男訳、新潮社、二〇〇七

いいものです。

キーン　しかし、この本が売れなかったのは残念です。

小池　いや、でもいいじゃないですか。『明治天皇』で毎日出版文化賞をもらわれたのですから。

キーン　いいえ、もちろん私は自分が不遇だとは思っていません。それどころか、自伝に書いたように、自分の人生は信じられないほどの幸運に恵まれていたと思います。

しかし、この本には私のことではなく、日本が終戦直後の一時期にどうあったかを、もう一度知って欲しいという気持ちが託されています。私が書いた渡辺崋山の本を人が読んでも、読者の日々の生活には直接、関係ないかも知れません。しかし、終戦直後を伝える、この本なら、あるいは影響があるかも知れないと思ったのです。

小池　非常にあります。しかし残念なことに、あの本は全然売れなかった。

だから、先生が本当に言いたいことはほとんど売れていないという……。

キーン まあ、それが私の運命でしょうか。

小池 でも、高い評価を得て、だれもが取りたい、特に作家、芸術家などはとても取りたい文化勲章をもらわれたのですから。そして、例えば東山文化の足利義政が残したものは、日本の文化の中に今でも残っています。床の間や、華道というのは、まさに銀閣寺の時代に始まったものです。そのように、先生のこのお仕事は必ず残っていくものだと私は信じています。

キーン いや、文句ではありません。私は十分に認められていると思い、日本のみなさんには本当に感謝しています。

（二〇一〇年十一月二十八日収録）

エロイカ・シンフォニー

ドナルド・キーン

このエッセイは一九四六年、私がコロンビア大学の大学院生だった頃に書いた一文である。幾つかの雑誌に原稿を持ち込んだが、却下を示す印刷済みの紙切れを受け取っただけだった。一方、文中に記した鑑賞会に同席した一人の捕虜は後年、（私のエッセイを知らないままに）同じくエッセイを書いていた。しかも、まったく同じタイトルで。その中で、彼はなぜ私がレコード鑑賞会をもうけ、なぜエロイカを選んだのかを論じていた。私が捕虜を油断させて、その表情から隠していた機密を読み取ろうと？あるいはナポレオンへの献辞を破棄する行為に示された、自由を愛するベートーヴェンの思想を吹き込もうと？　だが、最後に彼は結論づける。音楽を聞いている間、私の頭の中には音楽以外に何もなかったようであると。

＊　＊　＊

今日の午後、ラジオで流れるエロイカ・シンフォニーを聞きながら、二年前、ハワイ・オアフ島にあった日本人捕虜収容所のシャワールームで、安物の蓄音機で聞いた同じ交響曲の調べを思い出していた。おそらく、まだ日本人の捕虜に同情を寄せる段階には至っていないだろうし、まして戦争裁判が進行中の現在、収容所の管理責任者の一人が、収容者に対して好意を示したことが明らかになれば、不愉快に思う向きもあろう。

捕虜となったアメリカ兵に日本人がしばしば与えた冷酷な扱いを知らなかったわけではないし、いまだにアメリカに憎しみを抱き続ける日本兵をおだてるつもりでもなかった。国土が全壊するまで日本は降伏しないとアメリカ側は信じていたが、その日本を再建出来るのは、同じ日本人でしかなく、中でも我々の管轄下に置かれてアメリカ軍の方針を知り、実際に戦争を目の当たりにした、日本人捕虜しかないと確信していた。戦争の初期に拘束された平均的な日本人捕虜は日本に戻る希望や願望、それに一切の計画を持たなかった。捕虜となる事は恥辱であると極めて強く植え付けられていた日本の兵士は、祖国で帰還を歓待されるなど想像もつかないようだった。我々は捕虜の中から明晰な者、友好的な面々を選んでは生きる意義を説き、いつの日か彼等の意志が、祖国再建へと向かう事を望んだのである。

二年前と言えば、大戦を通じて最も激烈な戦闘の一つが繰り広げられた南太平洋ペリリュー島会戦の直後である。収容所には一日おきに捕虜が連れて来られた。ほとんどは朝鮮人の労働者で、事の成り行きには、まったく茫然自失の有様だったが、きっかけさえあれば、「朝鮮の独立を!」と叫びかねない様子だった。収容所に連れて来られた日本人捕虜は一様に驚きを見せる。おそらく、生きて捕虜となる屈辱を受けるのも、自分が最初ではなかったと知って安堵するのだろう。我々はすぐに捕虜と面談し、最も聡明に映る面々を選び、残りの者たちを同じハワイにある、もっと大きな収容所へと送っていた。

私が親しみを抱いた捕虜は佐藤という元海軍士官で、一年ほど前にサイパンで捕虜となった。私は彼を相手に一週間以上、尋問を続けていた。まずは佐藤が所属していた部隊の状況、次いで各所における日本軍の兵力や周辺事情について。しかしながら、話題はすぐに彼が本当に関心を抱く領域――文学、芸術、音楽へと移った。佐藤はすべてを読破している、私にはとにかくそう思えた。ヨーロッパの言語も三つか四つは自由に読めたほどで、西洋の偉大な古典文学に通じていた。東洋文学も同様である。ギリシャ悲劇や哲学には一家言があったし、プルーストやジョイスの作品にも同じ調子だった。自分の詩を出版した事もあるらしい。音楽に対しても劣らぬ関心を抱く佐藤に対して、私は一度、好きな音楽は何かと聞いたが、その答えは「エロイカ・シンフォニー」であった。

佐藤とこんなやり取りを交わしていたのは、彼が傷の手当を受けるために病院へ送られた頃で、私は佐藤が退院すれば、収容所にレコードを持って行って「エロイカ」を聞かせようと決めていた。以前、レコードを持参した時、帰り際に出くわした海軍大佐が猛烈に怒った事があった。日本軍がこんな待遇をアメリカ人捕虜に与えると思っているのか、と皮肉たっぷりの調子で。こんな男は相手にしていられない。「エロイカ・シンフォニー」を聞かせたかったのは、私が佐藤を気に入っていた事、そして、この交響曲がどれほど彼を喜ばせるかと分かっていたからで、音楽が相手を協力的な態度へ導くだろうと考えたのではない。

レコード鑑賞の日、私は収容所に向かった。蓄音機と一抱えのレコードを携えて——「エロイカ・シンフォニー」だけではなく、ホノルルの店で見つけた日本の歌謡曲も一緒に。音楽を聞くのに唯一相応しい場所はシャワールームと見立てた私は、箱を見つけて、その上に蓄音機を置き、頭上の電灯に備わるソケットに電源をつなぐ。その間、私が何をするのかと興味津々の捕虜たちはドアのあたりでグズグズしている。「今夜はシャワーなし」と言うと、捕虜たちは笑った。まるで私が最高におかしな冗談を言ったかのように。

やがて、すべてが整うと、私は佐藤や他の面々を鑑賞会に招き入れた——全部で三〇名ほど。捕虜たちはゆっくりと入って来て、床の上に座る所を探す。早い時間に人がシャワーを浴びて出来た水たまりの回りで。全員が座ってから、私は彼等に告げる。これからお正月の鑑賞会です、と。何人かは思いっきり興奮して、居ても立ってもいられない様子だ。他の者は（佐藤もそうだったが）微弱な笑みを浮かべる。

私はまず日本の流行歌から始めた。最初は哀しい調べを持つ何曲かを思い出した数人が嬉しそうにため息をついたが、やがて彼等が故郷の記憶をたぐり寄せると、その表情に変化が起こった。流行歌だけが人にもたらす、あの気持ちが押し寄せたのか。彼等を眺めた私は、まさしく古典的な形の、「ありとあらゆる階層、職業からの兵士たち」だと考えていた。床の最前列に座った捕虜は元タクシー運転手だった人で、職業柄か今も随分、調子の良い所が残っている。奇跡的に取り留めた緑のセーターを持っていて、海軍規定のダンガリー・シャツの上に、それを着込んでいた。その後ろには高橋、元の同盟通信社の記者で、捕虜となるまで半年もグアム島のジャングルに潜んでいた。体重もわずか三五キロになっていたという。（高橋こそは、捕虜の眼から見た、この鑑賞会についての一文を書いた人である。）さらにはペリリュー島で投降した菊池という人もいた。彼は慎重に暗記した一つの英語《セリフ》を口にして、捕獲にあたった海兵隊を仰天させたのである。「圧倒的な武力を持つアメリカ軍と戦っても無意味であると判断した」菊池はさらに語る。自分が投降したただ一つの理由は、自らが開発した驚異的な音波探知機をアメリカ軍に引き渡す事で、それを成し遂げた暁には自害すると。その他、私にはあまり親しみのない面々も、シャワー室の乾いた一角に陣取っていた。音楽を聞くにつれ、涙ぐむ者もいたので、もう十分じゃないでしょうかと言うと、止めるなという激しい抗議もあった。

やがて日本のレコードが一通り終わると、私は告げた。次に聞く音楽は、ベートーヴェンのエロイカ・シンフォニーで、長尺に及ぶ西洋音楽だから、そんな音楽を好きでない人は退席しても良いと。一人や二人は立ち去ったが、他は動かなかった。

その晩、私の小さな蓄音機は、どうしたことか素晴らしい音を奏でた。エロイカの調べは、シャワー室の隅々に荘厳と響き渡った。このシンフォニーはいつも私の好みの一つであったが、あの晩の鑑賞こそは最も長く記憶に残るであろう。レコードを裏返す毎に（確か五枚のセットだった）感想を求めたが、全員は無言のまま。タクシー運転手の彼は、明らかに居心地が悪くて、何とか冗談の一つでも言えないかという調子、他の数人は何かに突き動かされた様子を見せて落ち着きをなくしていたが、ほとんどの者は私と同じく全身全霊を以て音楽に聴き入っていた。佐藤を一瞥した私は、彼の微笑みを見る。

私は目の前に並み居る日本人を見ながら、度々語られる説である、偉大な音楽が持つ普遍性について考えていた。ある人は乱れた髪を目の前に垂らしながら音楽に合わせてうなずく——医務室からヴァセリンを持ち出して髪の毛に塗っていた軍医たちは例外だが。私たちを隔てるものは何もなかった。双方、他には何の共通項がなかろうとも、音楽が互いを結びつけていたのだ。あのシンフォニーは彼等にも私にも真摯に響いたのである。私たちの異なる出身背景にも拘らず、シャワー室のセメントやコンクリートにも拘らず。

音楽が終わると捕虜たちは蓄音機の回りに集まった。菊池は私の粗末な再生装置について専門的な事を訊ね、高橋はこれはフィラデルフィア・オーケストラの演奏によるものかと尋ねた。ディアナ・ダービンの有名な映画「オーケストラの少女」に登場したオーケストラである。他の者はレコードの値段、蓄音機で使う針の種類、指揮者の名前などについて訊いた。最後に場を離れたのが佐藤だった。なぜ、私がこのシンフォニーを選んだか気がついていた彼が、礼を口にすると、私も微笑みながら応えた。「新しい日本においても、古い音楽が聞ける余地がありますように」

最近、新聞で読んだ所では、ハワイの収容所にいた日本兵たちがようやく本国に送還されたらしい。これが何を意味するかと言えば——新たな日本への道筋を示す人々として、私たちが選択した捕虜たちは、実際には終戦以来、一年もオアフで石の塀を建てていたのである。日本の再建にあたり、私たちが具体的に何を成し遂げようと望んだのか、言葉にするのは難しい。おそらく、私たちが選んだ捕虜の尽力がなくとも長足の進歩はあっただろう。ただ、それは二年前、佐藤と私が共に座ってエロイカ・シンフォニーを聞きながら微笑を交わし、互いに思い浮かべた世界とは違っていたようだった。

＊　＊　＊

この文章を五〇年後に読んでみると、一見、事実に基づいた叙述のような語り口に混じる創作の色合いに驚いた。エッセイによれば、私が蓄音機を収容所に持って行ったのは二度という事になるが、今思えば、一度しかない。それに佐藤は実際の所、鑑賞会には出席していなかった。私はこの出来事を厳然たる文学的経験に仕立てようと、あやふやな部分を繕ったのは疑いない。

（松宮史朗訳）

あとがき

ドナルド・キーン

今年で八十九歳になる私ですが、何とか惚けてはいないようです。頭に広がる記憶の網の中には、複雑に絡んで前後が怪しくなったり、色彩の濃淡が混じってしまったものもありますが、一方では、五、六十年前の会話が、今も鮮明に浮かび上がる時があります。そんな様々な記憶の中でも、最も鮮烈に脳裏に蘇るのが、太平洋戦争の四年間であることは間違いありません。

私の立場はアメリカ海軍の将校でしたが、軍隊や戦争についての知識は皆無で、それどころか戦争の全てを嫌っていました。私に与えられた仕事は、日本軍が戦場に放置して行った書類の翻訳、また捕虜となった日本兵との会話です。戦地に向かう前、日本語を学ぶために海軍の日本語学校で一年間の特訓を受けてから、終戦までの三年間、毎日、何らかの形で日本語に関わりましたが、だからと言って、そのおかげで十秒でも早く終戦に結びついたわけではありません。

日本語学校を卒業してからは真珠湾にあった情報部に転任し、そこでガダルカナルや他の戦場で拾われた書類の翻訳を始めました。とは言え、ほとんどは無味乾燥で、内容に乏しい書類ばかり。やがて、北太平洋アリューシャン列島のアッツ島の作戦に参加せよとの命令を受けて、退屈な翻訳からは一旦、解放されました。

私自身は筋金入りの反戦主義者でしたが、それ故に戦争に対しては好奇心がありました。生涯の大事件である世界大戦を是非、見なければならないと思ったのです。

そして、自分の良心のためにも、どのような状態に陥ろうと決して発砲はしない、殺戮には関わらないと決意した上で、戦地に赴きましたが、アッツ島の玉砕という信じられない状況を目撃してからは、もう充分戦争を知ったと思い、それ以上、戦争の惨事を見たくありませんでした。

アッツ島から本部があったハワイに戻ると、ホノルルの陸海軍の事務所で、新たな仕事が待っていました。そこでは私たち海軍の将校が、陸軍から派遣された日系二世の下士官を部下とする手筈が整えられていたのです。読みにくい漢字を解読するような仕事は、日本語学校を出たアメリカ人より、日系人の方が相応しいと想像されたのでしょう。海軍には二世の人はおらず、陸軍から日系二世の人々を借り出す形になっていました。私たち海軍の将校と陸軍下士官の関係は極めて良好で、問題はありませんでしたが、お互いの階級や立場が同等でないことを、むしろ恥ずかしく感じたものです。この事務所での仕事は手書きの書類の翻訳でした。

ところが、私はここで思いがけなく、兵士が遺した日記を発見するのです。まず、日記があることそのものが実に不思議でした。アメリカ軍は兵士に対し、日記をつけることを厳重に禁じていたからです。万一、敵に発見された場合の危険を回避するためですが、日本は正反対で、敵が読むかも知れない危険性には一切、配慮を払わないまま、毎年の元旦に白紙の日記を配って、積極的な記帳を勧めていたのです。しかし、私は兵士の血に染まった日記の数々を読んで大きな感銘を受けます。ある意味では、どんな文学をも凌駕する内容でした。日記をつけた人が、まだ日本国内にいる間は威勢が良く、いかにも軍国風の調子で「士気旺盛なり」などと書くのですが、やがて戦場で隣の船がアメリカの潜水艦に撃沈されると恐怖が吐露されるようになり、やがて、南の孤島で飢えと病に戦いながら、死を覚悟して書かれた文章は、まことに真摯なものへと変わります。そこでは、もはや軍国主義の狂気は消え去り、死に立ち向かう一人の人間の深い葛藤が記されているだけでした。私はすでに数年、日本を研究していましたが、その時初めて日本人の魂に触れた気がしました。

日記を遺した人々はその時点で既にこの世の人ではありませんでしたが、生き残って捕虜となった人々とは、やがて友人となり、戦後、長きに亘って友達付き合いをした人も少なくありませんでした。

自分で言うのも変ですが、私は多くの歴史的事件、歴史的な一瞬をくぐり抜けて来たと思います。

すべてが記憶のかなたに消え行く中で、過ぎた日々を振り返り、それぞれの時を思い起こせば、長い人生の束の間に輝いた様々な情景が切り絵の一つ一つのように浮かんでは消え、時の流れの無常を感じずにはいられません。

しかし、今を生きる日本のみなさんに将来を託したい、そんな気持ちを抱きながら、過ぎ去ったあの頃をもう一度思い出してみました。

ドナルド・キーン Donald Keene

一九二二年ニューヨーク生。日本文学研究者、文芸評論家。コロンビア大学名誉教授。二〇〇八年文化勲章。コロンビア大学に学び、日米開戦後、米海軍日本語学校に入学、日本語の訓練を積んだのち情報士官として海軍に勤務、太平洋戦線で日本語の通訳官を務めた。戦後コロンビア大学大学院、ケンブリッジ大学を経て、一九五三年京都大学大学院に留学。著書に『明治天皇』(新潮社、毎日出版文化賞)『日本人の戦争』(文藝春秋)『昨日の戦地から』『ドナルド・キーン自伝』『日本文学の歴史』『私の大事な場所』(中央公論新社)ほか多数。

松宮史朗 Matsumiya Shiro

一九五六年生。一九七五年よりアメリカ在住。一九九五年以来、ドナルド・キーンの秘書を務めている。(「小池さんとの出会い」「エロイカ・シンフォニー」翻訳)

小池政行

Koike Masayuki

一九五一年生。現在、日本赤十字看護大学教授。聖路加看護大学客員教授、青山学院大学法科大学院客員教授。専攻、国際人道法。一九七七年外務省入省、主にフィンランド、北欧を担当（～九四年）。著書『遠い白夜の国で』（中央公論社）『国際人道法――戦争にもルールがある』（朝日新聞社）『戦争と有事法制』（講談社現代新書）『現代の戦争被害――ソマリアからイラクへ』（岩波新書）『自衛隊が愛される条件――人間の安全保障とは』（朝日新書）『「赤十字」とは何か――人道と政治』（藤原書店）ほか。

＊本書の対談は、2010年11月9日、17日、28日の3回に亘り、東京都北区のキーン氏ご自宅で行われた

戦場《せんじょう》のエロイカ・シンフォニー ――私《わたし》が体験《たいけん》した日米戦《にちべいせん》

2011年 8月30日 初版第1刷発行 ©
2011年10月30日 初版第2刷発行

著 者 ドナルド・キーン
小 池 政 行

発行者 藤 原 良 雄

発行所 藤 原 書 店

〒162-0041 東京都新宿区早稲田鶴巻町523
電 話 03（5272）0301
FAX 03（5272）0450
振 替 00160-4-17013
info@fujiwara-shoten.co.jp

印刷・製本 中央精版印刷

落丁本・乱丁本はお取替えいたします
定価はカバーに表示してあります

Printed in Japan
ISBN978-4-89434-815-8

この十年に綴った最新の「新生」詩論

生光《せいこう》

辻井喬

「昭和史」を長篇詩で書きえた『わたつみ　三部作』（一九九二～九九年）を自ら解説する「詩が滅びる時」。二〇〇五年、韓国の大詩人・高銀との出会いの衝撃を受けて、自身の詩・詩論が変わってゆく実感を綴る「高銀問題の重み」。近・現代詩、俳句・短歌をめぐってのエッセイ――詩人・辻井喬の詩作の道程、最新詩論の画期的集成。

四六上製　二八八頁　**二〇〇〇円**
（二〇一一年二月刊）
◇978-4-89434-787-8

最高の俳句／短歌 入門

語る　俳句　短歌

金子兜太　佐佐木幸綱

黒田杏子＝編

「大政翼賛会の気分は日本に残っている。頭をさげていれば戦後は通りすぎるという共通の理解である。戦中もかわりなく自分のもの言いを守った短詩型の健在を示したのが金子兜太、佐佐木幸綱である。二人の作風が若い世代を揺すぶる力となることを。」

鶴見俊輔氏＝推薦

四六上製　二七二頁　**二四〇〇円**
（二〇一〇年六月刊）
◇978-4-89434-746-5

半島と列島をつなぐ「言葉の架け橋」

「アジア」の渚で

（日韓詩人の対話）

高銀・吉増剛造

［序］姜尚中

民主化と統一に生涯を懸け、半島の運命を全身に背負う「韓国最高の詩人」、高銀。日本語の臨界で、現代における詩の運命を孤高に背負う「詩人の中の詩人」、吉増剛造。「海の広場」に描かれる「東北アジア」の未来。

四六変上製　二四八頁　**二二〇〇円**
（二〇〇五年五月刊）
◇978-4-89434-452-5

失われゆく「朝鮮」に殉教した詩人

空と風と星の詩人　尹東柱《ユンドンジュ》評伝

宋友恵　愛沢革訳

一九四五年二月一六日、福岡刑務所で（おそらく人体実験によって）二十七歳の若さで獄死した朝鮮人・学徒詩人、尹東柱。日本植民地支配下、失われゆく「朝鮮」に毅然として殉教し、死後、奇跡的に遺された手稿によって、その存在自体が朝鮮民族の「詩」となった詩人の生涯。

四六上製　六〇八頁　**六五〇〇円**
（二〇〇九年二月刊）
◇978-4-89434-671-0

市民活動家の必読書

NGOとは何か

〈現場からの声〉

伊勢﨑賢治

アフリカの開発援助現場から届いた市民活動（NGO、NPO）への初のラディカルな問題提起。「善意」を「本物の成果」にするために何を変えなければならないかを、国際NGOの海外事務所長が経験に基づき具体的に示した、関係者必読の開発援助改造論。

四六並製　三〇四頁　二八〇〇円
（一九九七年一〇月刊）
◇978-4-89434-079-4

一日本人の貴重な体験記録

東チモール県知事日記

伊勢﨑賢治

練達の〝NGO魂〟国連職員が、デジカメ片手に奔走した、波瀾万丈「県知事」業務の写真日記。植民地支配、民族内乱、国家と軍、主権国家への国際社会の介入……。難問山積の最も危険な県の「知事」が体験したものは？

写真多数
四六並製　三二八頁　二八〇〇円
（二〇〇一年一〇月刊）
◇978-4-89434-252-1

国家を超えたいきかたのすすめ

NGO主義でいこう

〈インド・フィリピン・インドネシアで開発を考える〉

小野行雄

NGO活動の中でつきあたる「誰のための開発援助か」という難問。あくまで一人ひとりのNGO実践者という立場に立ち、具体的な体験のなかで深く柔らかく考える、ありそうでなかった「NGO実践入門」。

写真多数
四六並製　二六四頁　二二〇〇円
（二〇〇二年六月刊）
◇978-4-89434-291-0

「赤十字」の仕事とは

「赤十字」とは何か

〈人道と政治〉

小池政行

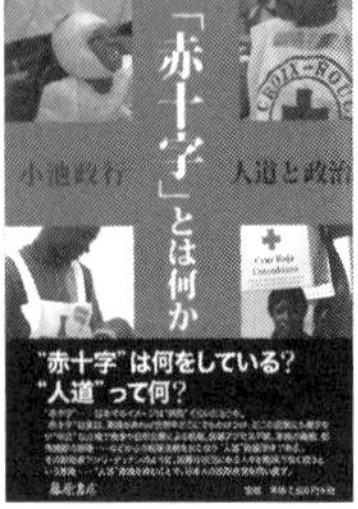

〝赤十字〟は、要請があればどこにでもかけつけ、どこの国家にも属さない〝中立〟な立場で救援活動をおこなう〝人道〟救援団体である。創始者アンリ・デュナンのように、困難な状況にある人々を敵味方なく救うという〝人道〟意識を育むことで、日本人の国際感覚を問い直す。

四六上製　二五六頁　二五〇〇円
（二〇一〇年四月刊）
◇978-4-89434-741-0